# Mörkret vi inte ser

## - Att leva med NPF i ett utbildningsbaserat samhälle

Niclas Gustafsson

FSC
www.fsc.org
MIX
Papper från
ansvarsfulla källor
Paper from
responsible sources
FSC® C105338


Förlag: BoD – Books on Demand, Stockholm, Sverige
Tryck: BoD – Books on Demand, Norderstedt, Tyskland
ISBN: 978-91-8057-789-2

# Innehållsförteckning

# Prolog

Ett nytt läsår har just börjat. För första och kanske enda gången det här året ligger jag i fas med studierna. Inte så konstigt kanske du tycker, men faktum är att jag redan nu är på väg att komma efter i undervisningen. För precis som vanligt, har jag svårt med koncentrationen och speciellt när jag behöver göra flera saker samtidigt.

Vår första lektion för dagen är svenska och ordklasserna som vår lärare undervisar om, blir snart till ett brus och jag börjar tänka på hur många fotbollsspelare jag kan räkna upp. Mina tankar avbryts snart av att vår lärare ställer en fråga till mig, som för att kontrollera att jag har hört det hon har sagt. Naturligtvis har jag inte en aning om vad jag ska svara och för en "normal" person hade det bara varit att koncentrera sig. För mig fungerar det inte riktigt på samma sätt. När läraren märker att mina tankar har varit på annat håll, ber hon mig att försöka behålla koncentrationen och fortsätter därefter med sin undervisning. Tio minuter senare upprepas dock situationen och denna gång ber hon mig även att lämna klassrummet, då jag har börjat prata med en klasskamrat.

Jag går ut genom klassrummets dörr och ut till den långa korridoren. I vanliga fall hade jag satt mig i ett grupprum för att arbeta på egen hand, men då terminen nyligen har börjat och vi inte har så mycket skolarbete, går jag istället ut för att spela fotboll. För mig blir det som ett äventyr. Jag är inte längre kvar i den tråkiga skolan, utan står på Liverpools hemmaarena Anfield Road och ska spela ligamatch mot Manchester United i Premier League. Matchen har varit igång en kvart när idrottsläraren kommer förbi. Hon är glad över att se att jag intresserar mig för idrott, men påtalar att jag borde ägna mig åt de andra skolämnena också. Jag går till slut, efter lite övertalning, med på att gå in i klassrummet för att fortsätta lyssna på lärarens tråkiga undervisning om ordklasser.
För att försäkra sig om att jag får ta del av undervisningen, sitter min lärare och jag kvar efter

lektionen och har genomgång på det mina klasskamrater lärde sig medan jag tog mig en sväng över till England och spelade fotbollsmatch.

Resten av skoldagen fortsätter smärtfritt och den enda lektion jag egentligen visar något större engagemang i, är idrottslektionen där jag får möjlighet att göra det som jag tycker om. Nämligen att spela fotboll.

Tyvärr är den här dagen inget undantag, för den är precis som alla andra dagar brukar vara och för varje dag kommer jag att komma allt längre efter i skolan. Förhoppningsvis kommer det att bli bättre i framtiden, men då behöver jag få hjälp med att hitta fokus när jag behöver göra flera saker samtidigt. Och jag måste även få hjälp med att hantera känslan av att det alltid är något fel på mig. Idag är skolan lika jobbig för mig som det är för en höjdrädd person att hoppa från tiometers-svikten i ett badhus. Tro mig, jag överdriver inte.

# 1
# Presentation

Jag är den som inte pratar mest i en grupp och känner att jag aldrig passar in i samhället. Mina diagnoser är autism och ADHD och att ha ett socialt yrke är i mitt fall en utmaning. Det svåraste i att leva med en osynlig funktionsvariation, är att jag alltid förväntas fungera som vilken person som helst. Jag behöver ofta tänka en extra gång på vad jag säger, för att vara säker på att min omgivning inte tar det jag säger på fel sätt.

Jag är 27 år gammal och kommer från en mindre ort i Västra Götaland. Min helsyster och jag har separerade föräldrar och då de gick isär när jag var tre år, har vi även fått bonusföräldrar lite till och från och med det även halvsyskon. Trots föräldrarnas skilsmässa, är vi som en enda stor familj som kan umgås och prata med varandra, vilket genom mitt liv har inneburit mycket stöd och stöttning.

Min resa som jag har gjort har varit allt annat än lätt för såväl mig som för familjen, eftersom mycket i min omgivning och många situationer har behövt anpassas utefter mina förutsättningar och behov. För mig har livet varit tufft och jag har mött många utmaningar som en ”normal” person vanligtvis klarar av utan några större problem.

Som nioåring fick jag diagnosen autism och som 22-åring diagnosen ADHD. Hade jag fått det sistnämnda i mitt liv mycket tidigare, tror jag att det hade påverkat mig och min omgivning på ett positivt sätt. Då hade både jag och mina medmänniskor, haft en bättre förståelse för mina tankar, handlingar och reaktioner samt att jag förhoppningsvis hade fått mer stöd och hjälp.

Som barn var jag inte alltid lätthanterlig och tog mycket tid från mina syskon, eftersom jag bland annat har behövt extra mycket tid och hjälp för att klara av skolan. Tyvärr har det inte alltid varit möjligt för samhället att erbjuda det, vilket har kommit att påverka mig i skolan, övriga studier och i arbetslivet med resultatet att jag inte har kommit så långt som jag har önskat. Många gånger har jag även känt mig otillräcklig. Det har resulterat i psykisk ohälsa, spelmissbruk, ensamhet och att mycket tid har lagts på att lösa situationer som ingen tycks vilja förstå eller själva kunna lösa. Jag har många gånger också sagt saker som jag inte har menat och tyvärr har jag inte alltid kunna rå för det, eftersom min hjärna fungerar på ett annorlunda sätt och jag har haft svårt att kontrollera mina känslor. Det är något som jag har lärt mig att hantera senare i livet och förhoppningsvis känner berörda parter att de har fått en ursäkt för det idag och en förklarlig anledning till mina handlingar.

Generellt sett är jag en glad och positiv person som alltid försöker sprida glädje omkring mig, vilket har gjort att jag varit bättre på att hjälpa mina medmänniskor än att hjälpa mig själv. Det har speglat sig i att jag under många år har varit elak mot mig och pressat mig till ytterligheter samtidigt som jag har försökt att vara alla till lags, även om jag borde ha förstått att jag inte kommer att passa in i samhällets norm.

Alla gånger jag har testat något nytt och där jag inte har kunnat fullfölja det, har skapat stor ångest och depression. Och vid flera tillfällen har jag känt att det inte ens är någon idé att försöka för att inte göra vare sig mig själv eller andra besvikna. Idag har jag börjat förstå mitt värde lite mer och inser att det är okej att "misslyckas" utan att det blir någon större sak av det. Jag försöker att göra så gott jag kan och vågar att testa nya saker, vilket jag aldrig hade gjort för fyra år sedan. Medveten om vilka resultat det kan bli, inser jag också att det är jag som kan styra "skeppet" nu. Jag har vid flera tillfällen varit så pass nere på botten att jag till och med har haft tankar på att avsluta mitt eget liv. Det hade verkligen inte varit rättvist mot min familj och mina föräldrar som har kämpat för mig genom alla dessa år, men jag vill heller inte skuldbelägga dem som tar den vägen ut.

Mina erfarenheter av psykisk ohälsa och att hamna utanför i samhället, gör att jag idag brinner för frågor som rör ämnet och vill få bort tabun om att prata om vår psykiska ohälsa. Jag vill också minska mellanrummen i samhällets skyddsnät och anser att det är viktigt att börja redan från grunden som normalt sett är i skolan, där vi börjar resan mot vårt framtida liv och den vi är idag.

Då jag själv arbetar i skolan är det för mig viktigt att identifiera vilka elever som har ett särskilt behov och ge dem en bra start i livet, genom att dela med mig av egna tankar, erfarenheter och arbetsredskap som jag har fått genom åren. Mitt mål är att ingen ska lämnas utanför och få uppleva samma erfarenhet av att vara den "udda fågeln" som jag har fått.

Mitt stora problem genom åren, är utbildningen och att jag inte har klarat mig igenom vissa gymnasiekurser då de har varit alldeles för svåra eller avslutats med ett större prov. Det har i sin tur skapat ett enda stort kaos i samband med examinationen, då tidspressen och att inte veta vilka frågor som kommer på provet är bidragande faktorer till min reaktion. Det har gjort att min dröm om att en dag kunna utbilda mig till lärare i fritidshem har hamnat allt längre från att bli till verklighet.

Idag finns krav på utbildad personal i samband med undervisning i just fritidshem[1], vilket gör att en utbildning är nödvändig för mig. Jag respekterar lagen men för mig som har svårt att utbilda mig, blir det ett problem eftersom jag istället behöver acceptera tidsbegränsade anställningar om jag inte trivs på min nuvarande arbetsplats

Att undvika osäkra anställningar har i mitt fall varit en ständig kamp, eftersom jag i dagsläget inte trivs på mitt arbete och sällan har upplevt förståelse för att jag är annorlunda och har behövt anpassningar. Min rädsla för att ses som annorlunda eller att ingen ska förstå, har gjort att jag inte har berättat om min situation och istället valt att kämpa för att ses som vilken person som helst. Tyvärr har just den rädslan ofta besannats genom att personer runt omkring mig har sagt "Är du klar snart, så att vi kan arbeta vidare?" eller "Så

---

[1] Sveriges kommuner och regioner (SKR) – *"Legitimationskrav och förändrade behörighetsregler för att undervisa i fritidshem"*

du menar att jag på fullaste allvar ska tycka synd om dig?", följt av oengagerade miner, suckningar eller gäspningar när jag har berättat. Majoriteten av de som faktiskt lyssnar på min berättelse är oftast elever som själva har speciella behov, eftersom de känner att de har någon att identifiera sig med och som kan hjälpa dem. Oftast blir de också nyfikna på att veta mer om annat, när jag redan har börjat berätta om mina erfarenheter från liknande situationer som en elev själv kan befinna sig i.

Jag hoppas och tror att det hjälper eleverna något och att de förstår vilken tankegång som har funnits hos mig, samt att de känner att de kan komma till mig om det är något som de behöver prata av sig om. Flera av mina tidigare elever har jag god kontakt med och även om vi inte har träffats på ett tag, kommer de alltid fram till mig och pratar när vi ses.

Jag minns en junidag när jag var och tittade på en fotbollsmatch som de yngre barnen hade. På långt håll hörde jag barnen ropa efter mig och när laget hade gått förbi mig, stod tränaren ensam kvar med ett eller två barn medan jag hade resten av laget runt mig. Efter matchen kom barnen och deras föräldrar fram och ville önska trevlig sommar och några av dem ville till och med ta kort som minne av dagen.

Förhoppningsvis har jag gjort lite rätt i mitt arbete, oavsett om det är elever med särskilda behov eller inte. Jag hoppas att jag hittills har visat att om du bara har rätt personer runt omkring dig i livet, finns förmågan att ta sig vidare och att du orkar mer än du tror även om det i dagsläget känns tungt. Samhällets generella ansvar är därför viktigt, om en person ska känna att de fångas upp av skyddsnätet och har en samhörighet med samhällsmedborgarna. Det har jag dock inte alltid fått känna, eftersom samhället har en mall som ska passa för många olika typer av personer.

Min väg har varit långt ifrån spikrak och jag förstår att mycket av det, beror på den okunskap som vi har i samhället idag gällande olika diagnoser och hur vi människor fungerar. Det finns en rädsla för att ta reda på hur en enskild person är eftersom vi idag hellre flyr än illa fäktar. Vi kan till exempel se en person gå framför oss, men om personen halkar och ramlar så har vi istället inte sett personen alls. Vi dömer oftast innan vi vet något om den enskilda individen och vet inte hur vi själva kan eller bör agera runt olika människor eller i olika situationer. Får vi ingen kunskap om hur vi människor fungerar, tror jag att det är ytterst få som helt sanningsenligt kommer att kunna att stå och säga att de är stolta över sig själva oavsett vad det är som gör att de inte passar in i samhällets norm.

Jag känner mig ofta som ett unikt fall och upplever genom egna erfarenheter och min nuvarande tjänst, hur mycket pengar och resurser styr över den faktiska möjligheten att erbjuda hjälp och att rädda människor från att slussas in fel i samhället. Min övertygelse är att ju mer pengar ska få styra över resurser, kommer fler att drabbas av psykisk ohälsa oavsett om det gäller studier, arbete, privatekonomi eller andra delar i samhället. Vi måste bryta den tystnadskultur som finns idag och kunna prata mer med varandra. Vi ska vara faktagranskare av rang och källkritiska i alla lägen, men sällan att det är någon utanför vår egen familj som ställer den enkla frågan ”Hur mår du egentligen?”. Vi ska istället vara normala och inte kännas vid några brister och köra på som om inget har hänt.

Jag själv har saker att vara tacksam över idag, men vägen dit har varit lång och som en enda lång berg- och dalbana utan möjlighet att kliva av det skenande tåget.

Jag heter Niclas och det här är min historia…

# 2
# NPF i teorin

Riksförbundet Attention[2] skriver att Neuropsykiatriska funktionsnedsättningar (NPF) har att göra med hur vår hjärna arbetar och fungerar.

Våra vanligaste funktionsnedsättningar är ADHD, Autismspektrumtillstånd (AST), Tourettes syndrom och språkstörning. Oftast har en och samma person flera funktionsnedsättningar, eftersom de är närbesläktade med varandra. Den som har NPF har det hela livet och symptomen kännetecknas av att individen har problem med att:

- Samspela med andra människor
- Reglera sin uppmärksamhet
- Hantera sina impulser och sin aktivitet

---

[2] Attention *NPF*

- Inlärning och minne
- Kommunikation i såväl tal som skrift
- Motoriken

NPF kan vara ärftligt, men kan också bero på påfrestningar under graviditeten som till exempel en infektion och komplikationer i samband med förlossning eller för tidig födsel. Det är med andra ord inte miljön som vi växer upp i, som är orsaken till NPF.

Det är dock viktigt att vi har en bra omgivning i form av bland annat anhöriga, lärare, arbetskamrater och chefer som gör det lättare att leva med funktionsnedsättningen.

Att upptäcka NPF redan i barndomen kan vara både lättare och svårare. Hos vissa barn märks problematiken tidigt och vid flera tillfällen, medan det för andra barn syns vid några få tillfällen. Tidiga tecken på om ett barn har NPF, kan till exempel vara att de:

- Inte lär sig tala vid förväntad ålder
- Överaktivitet
- Lätt för att hamna i konflikt med andra
- Avskärmning från övriga gruppen

Vanligt är att NPF upptäcks när barn börjar skolan eftersom de behöver anpassa sig och följa den sociala koden. Om de inte klarar av det, finns det en stor risk att barn kan tolkas som bråkiga i och med att det kan vara lätt att hamna i konflikt med jämnåriga. Även då det ställs krav på att lära in och tillgodogöra sig information, kan det yttra sig i form av läs- och skrivsvårigheter, samt svårigheter att koncentrera sig.

I tonåren kan NPF leda till impulsivitet och att försöka förstå de sociala koderna, kan leda till att en introvert individ blir ensam medan en extrovert kan hamna i fel kompisgäng.

När en person är i vuxen ålder, känner förhoppningsvis de flesta att de har fått rätt stöd under sina tidigare år. Genom ökad livserfarenhet och mognadsgrad, kan en person med NPF förhoppningsvis lära sig att hantera sin situation. Dock är det många som idag ändå är stresskänsliga eller drabbas av utmattningssyndrom, men också av dåligt självförtroende och depressioner. Därför är det extra viktigt med bra och stöttande personer i sin omgivning.

För mig är ADHD den NPF-diagnos som har haft störst inverkan på mitt liv och det är därför den som kommer att ligga i fokus i det här kapitlet.

Enligt 1177[3] står AD för attention deficit som betyder uppmärksamhetsstörning och HD för hyperactivity disorder som betyder hyperaktivitetsstörning. ADHD är alltså en funktionsnedsättning som påverkar din koncentration, dina impulser och din aktivitetsnivå. Viktigt att veta är att ADHD inte har något att göra med en persons intelligensnivå, utan att det handlar om svårigheten att göra vardagliga saker.

Vanligt är att de första "symptomen" kommer när du är barn, men miljön påverkar i vilken

---

[3] Sjukvårdsupplysningen 1177 "ADHD"

utsträckning som det märks. Det finns många olika sätt som ADHD kan upptäckas på, men alla behöver inte vara uppfyllda och det beror på vilken grad av nedsättning du har. Här finns olika alternativ på hur det kan yttra sig och vad du kan ha svårt med:

**Koncentration:**

- Vanligt med slarvfel i skolan eller på arbetet

- Fokusera i samband med film eller att läsa en bok, men har även lätt för att bli störd eller svårt att koncentrera sig i andra sammanhang

- Svårigheter att läsa och kunna följa instruktioner

- Svårigheter med att organisera och planera
- Prioriterar bort tråkiga saker
- Svårigheter med att komma ihåg uppgifter eller tider, samt slutföra detta
- Har många tankar och idéer i huvudet på en och samma gång

**Överaktivitet:**

- Svårigheter att sitta still, blir lätt rastlös och otålig samt kan känna sig väldigt stressad
- Svårigheter med att göra saker lugnt och stilla
- Pratar väldigt mycket även om det stör omgivningen

**Impulsivitet:**

- Svårigheter att styra sitt humör
- Avbryter ofta andra människor och svarar på frågor innan de har ställts

Att känna igen sig i symptomen kan vara vanligt i samband med stress eller dålig sömn, utan att det nödvändigtvis behöver betyda att du har ADHD. För att få en diagnos idag, finns det flera av följande krav som du behöver uppfylla:

- Symptomen har börjat innan tolvårsåldern
- Har varit kvarstående i minst sex månader, men gärna funnits under en längre tid

- Ger problem i samband med vardagen och när du befinner dig i minst två olika miljöer

Att få en diagnos kan även vara viktigt för att kunna ta och få rätt hjälp och stöd, samt framför allt för att kunna få det i rätt tid. Svårigheter som du annars kan möta vid odiagnostiserad ADHD eller för lite hjälp och stöd, kan resultera i dålig självkänsla, psykisk ohälsa, ångest, depression eller ett beroende i form av till exempel missbruk när du redan är i en utsatt position. Det kan även göra att en person inte klarar av skolan, arbetet eller relationer med andra människor.

För oss med ADHD är det viktigt med tydliga instruktioner och även korta arbetspass för att vi ska kunna tillgodogöra oss informationen. Rutinerna behöver vara desamma och inte med för stora förändringar, om vi ska må bra.

Om du misstänker att du eller ditt barn skulle kunna ha en NPF-diagnos, går det att söka hjälp hos en vårdcentral eller psykiatrisk mottagning om du är 18 år. Är du yngre än 18 år, kan du förutom vårdcentralen, även ta kontakt med barnavårdscentralen (BVC), Första linjens psykiatri för barn och unga och barn- och ungdomspsykiatrin (BUP). Där får du träffa läkare eller psykolog för en utredning för att genomföra intervjuer och tester. Närstående är ofta delaktiga i utredningen för att ytterligare en eller flera personers aspekter ska tas med i bedömningen. När utredningen är klar får du veta vad vårdpersonalen har kommit fram till. Ni kan även komma att diskutera kring hjälp, stöd och eventuella behandlingar.

Förhoppningsvis känner du att det är skönt att få en diagnos, eftersom du och personer i din omgivning får en förklaring till de svårigheter som finns. Det kan även kännas tungt eftersom du får ett kvitto på att svårigheterna inte kommer att försvinna per automatik och du kan även behöva intyg för att till exempel få ett körkortstillstånd.

Idag finns flera mediciner som kan förbättra levnadsstandarden och som dämpar symptomen, men det är dock inget som tar bort diagnosen helt.

Jag har själv tagit mediciner men bara vid några enstaka perioder och har inte känt att dessa fungerar för mig, varför jag inte kommer att ha med något gällande medicinering i min bok.

# 3
# Min NPF-diagnos och psykisk ohälsa

Under arbetet med boken har jag fått hjälp med lite bakgrundsinformation från mina föräldrar, som berättade att de började märka att något var "fel" när jag hade speciella intressen och nästan maniskt ville lära mig nya saker. Vid två-tre års ålder kunde jag alla klockans tider, genom att konstant fråga vad klockan var. Likadant var det med världens alla länder, flaggor och huvudstäder som jag kunde vid fyra-fem års ålder. Detta speglades även när vi, nästintill, dagligen pärlade pärlplattor. Flaggor eller nummer var det som var populärast och om någon fyllde år, kunde de få sin ålder i form av ett halsband där det hängde en pärlplatta med just den åldern. Som tur är har jag inte specialintresset kvar, och pappa kan vara lugn i att jag inte försätter honom eller mig själv i ekonomisk knipa på grund av pärlplattsberoende.

Mina föräldrar tog först kontakt med barn- och ungdomspsykiatrin (BUP) i Skene och senare blev det besök i Borås en gång i månaden, för att vi skulle få hjälp att utreda vad det starka intresset var. Läkaren i Borås var duktig och förstod att jag var "annorlunda", men hade svårt att ställa en diagnos eftersom jag var så pass högfungerande. Däremot var jag orolig och ängslig och hade svårt att leka med andra barn, samt att jag var fast besluten vid att det var mina lekar som skulle gälla. Jag hade även vissa svårigheter när jag skulle samspela med andra och kunde inte riktigt sätta mig in i deras tankar.

Efter mycket om och men, fick jag till slut diagnosen autism med marginell retardation, vilket innebär den lägsta graden i skalan och att jag ses som högfungerande ur vårdens synpunkt. För en utomstående märks det inte att jag har autism.

Som en del i utredningen fick jag oftast sitta i en sandlåda och leka, under tiden som läkaren ställde frågor om min familj och försökte locka fram svar på de frågor som ställdes. Vi träffade även andra familjer som hade barn med autism, men de barnen var mycket svårare för oss i familjen att få kontakt och kunna föra en konversation med eftersom de hade en högre grad av autism.

I samband med utredningen bedömdes det inte som att vi hade autism i släkten, men under senare år har vi upptäckt att det kanske finns i släkten trots allt. Min yngsta kusin på pappas sida har fått en autismdiagnos av en högre grad än den jag har.

Från BUPs sida har vi fått en del hjälp och stöd i form av bland annat bilder som har ersatt långa meningar och instruktioner, för att försöka få mig att förstå snabbare. I skolan fick jag dessutom en egen resurs när jag var tio år. Tanken var att personen skulle hjälpa mig, men den användes dessvärre som en extra resurs för hela klassen. Skolans hjälp bedömde mina föräldrar som liten eftersom skolan inte förstod min situation, även om mina föräldrar lyfte det i samband med varje utvecklingssamtal.

Det skolan däremot hjälpte mig med, var att när jag såg dåligt fick jag till slut sitta längst fram i salen. Jag var fjorton år gammal och pappa hade själv märkt att jag fick springa fram till tv:n för att läsa resultatet under en fotbollsmatch eller när jag skulle läsa översättningen i samband med att vi såg en utländsk serie.

Då det inte var så många på min skola som bar glasögon, ville jag undvika att känna mig mer annorlunda än vad jag redan gjorde. Till slut fick pappa nog och drog ändå med mig till en optiker för att få min syn undersökt. Där visade det sig till min stora förtret att jag behövde glasögon, som pappa så länge hade tjatat på mig om.

Till slut kom dagen då jag skulle bli den annorlunda eleven som kom till skolan med sina glasögon, men det visade sig också att det skulle innebära en helt ny värld för mig. När jag fick prova mina glasögon för en sista justering av bågen, bad optikern mig att titta ut genom fönstret för att se om jag såg vad det stod på husväggen på andra sidan gatan. Jag svarade optikern "Oj! Står det Swedbank där borta?”. Pappa nästan skämdes, för med så stora bokstäver borde varenda människa se vad som stod på husväggen. Och jag är säker på att till och med en pilot på 10 000 meters flyghöjd hade sett bokstäverna.

Optikern som hade gjort synundersökningen var medveten om att jag såg dåligt, men inte hur dåligt jag faktiskt såg. Hon utbrast “Oj! Har du gått så här länge utan att kolla upp din syn? Har du ens kunnat se något innan?”. Ja, så illa såg jag verkligen.
Min sambo har i efterhand tackat pappa för att han drog med mig till optikern, så jag hade ögon nog för att se henne när vi träffades.

När jag frågar mina föräldrar om det hade gjort någon skillnad för mig om forskningen hade varit lika långt fram på min tid som den är idag gällande NPF, tror pappa att jag hade fått en diagnos snabbare och därmed förmodligen också fått mer direkt stöd och hjälp.

Med anledning av mina behov och att jag har försökt att få igenom min egen vilja vid många tillfällen, har mina två syskon på pappas sida fått stå lite tillbaka. Det har till exempel varit i situationer när det har varit fråga om vilken mat som skulle serveras hemma eller vilka behov vi i familjen skulle tillgodose.

Mina föräldrar har varit oerhört oroliga för mig trots att jag hade den lägsta graden av autism och de har funderat på hur det ska gå för mig med kompisar, arbete, bostad, flickvän, ekonomi och körkort. Ser de var jag är nu, är de stolta över den utveckling och resa som jag har gjort fram tills idag då jag har en fast tjänst, körkort, vänner, stabil ekonomi, egen bostad och sambo. De förstår att den resa som jag har gjort, är mycket svårare än vad den är för en person som inte har en NPF-diagnos. De vill att jag ska sträcka på mig, klappa mig själv på axeln och säga att jag är stolt över mig själv.

Det är egentligen ingen som har kunnat märka min diagnos förutom jag själv, i de fall som jag har svårigheter som ställer till det för mig. Enligt mina föräldrar har det alltid kompenserats upp genom att jag är enveten, tapper och vanligtvis inte ger upp, utan att jag är en kämpe som ändå försöker att läsa upp mina betyg för att komma in på högskola eller som arbetar extra hårt för att ens få ett körkortstillstånd

Genom fantastisk stöttning från föräldrar och bonusföräldrar, har jag haft möjligheten att ta mig fram genom livet.

Min familj är glada över att nya människor aldrig har varit ett problem för mig och att jag ofta har tagit mer plats än mina syskon, men de tror däremot att jag har haft lite svårare för att bekanta mig med nya människor direkt.

För mig har det tagit lite tid att känna att den person jag träffar, är en bra person för mig eller min familj. Jag har alltid varit social och velat vara med när någon har kommit på besök samt gärna varit involverad i samtal, vilket en person med en högre grad av autism vanligtvis inte är. Däremot har jag haft svårigheter med att prova något nytt och valde oftast det "gamla" som också var det tryggaste valet när det till exempel kom till mat. Hade familjen bestämt en maträtt eller ett göromål och det blev ändrat, behövde jag förberedas på det eftersom jag kunde bli väldigt arg och upprörd när min rytm blev ändrad.

Med min NPF-diagnos, har jag trots "light-versionen" mött på en hel del hinder och behövt vänja mig vid att kämpa för att vara som alla andra. Jag har sett hur misslyckande efter misslyckande har radats upp framför mig och den ständiga påminnelsen om att jag inte är som en normal person, har orsakat psykisk ohälsa. Jag har vid flera tillfällen tänkt tanken på att jag en dag ska ta mitt liv, men har aldrig tagit steget att försöka. Det längsta jag har kommit, är att stå på en tågperrong på det lokala resecentrumet och visualiserat inuti mitt huvud hur det skulle vara, vad som skulle hända och vilken tågtid jag skulle välja och varför.

Denna tanke kan tänkas vara självisk utifrån att det inte enbart skulle drabba mina anhöriga, utan även en oskyldig person i form av lokföraren samt eventuella passagerare på det valda tåget. Känner du dock precis som jag kände då och ibland även känner nu, det vill säga att ingen vill hjälpa dig ur situationer som du har fastnat i, kan det kännas som att självmord är den enda vägen ut ur ekorrhjulet.

Min familj och mina vänner skulle inte behöva se mig försvinna i alldeles för tidig ålder, och ingen av dem skulle behöva stå framme vid min kista för att ta ett sista farväl av deras unga son, bror, partner, arbetskamrat och vän. Tyvärr är det just det som många människor står inför.

Enligt Suicide Zero[4] är psykiatriska tillstånd och kroppsliga sjukdomar en stor orsak till varför människor väljer att begå självmord. "Självmord kan ses som en psykologisk olycka där en person i en situation eller under en tid upplever sig inte orka leva när problem ser olösliga och outhärdliga ut." [5] Under 2022 tog 1 569 personer sitt liv (säkra samt osäkra fall av självmord*), vilket är fyra personer

---

[4]) Suicide Zero "Fakta om självmord"
[5] Suicide Zero "Fakta om självmord"
*) Dödsfall där självmord har kunnat konstateras eller tros vara orsaken.

per dag där familjer tvingas börja planeringen av sin älskade anhöriges begravning. Därutöver finns det 15 000 personer som under ett år har försökt att ta livet av sig och som av någon anledning känner att de inte vill fortsätta sitt liv. En av dessa orsaker skulle kunna vara effekter av en odiagnostiserad NPF, eller ständig känsla av att inte få rätt hjälp och stöd när de väl har fått en diagnos.

Att ha tanken på att ta sitt liv kan vara övergående och inget som nödvändigtvis behöver bestå, utan det kan finnas under en period där omständigheterna upplevs som olösliga eller outhärdliga för tillfället. Det kan vara tröstande att veta att det finns ett slut på lidandet, men det kan också bli farligt om tankarna utvecklas till ett konstant ältande där de övergår till övertygelser om att livet är oföränderligt.

Då vi fortfarande lever i en kultur där vi sällan pratar öppet om våra problem, kan personen skämmas över att han eller hon mår dåligt. Som kille är det enligt min mening även svårare att söka hjälp, eftersom det finns en kultur i att vi människor ska visa att ensam alltid är stark och där vi män inte ska visa några känslor. Jag har även fått uppfattningen om att kvinnor generellt sett är bättre på att prata om sina känslor, men att det kanske är mer inom deras kompiskrets.

Om en person vågar öppnar upp sig om sin psykiska ohälsa, betyder det att personen har ett förtroende för dig. Försök att visa din bästa sida och att du bryr dig genom att lyssna och vara behjälplig med det som personen önskar. Det kan underlätta att få personen att känna att den inte är ensam i sin situation, samt att det kan skapa en motivation att ta tag i sina problem.

Utifrån mina erfarenheter innebär psykisk ohälsa en ständig kamp mot stress, ångest, sömnproblem och oro. Den mörkaste perioden i mitt liv var åren 2021 och 2022, då jag kunde vakna på morgonen utan att veta hur mycket jag skulle orka. Det skulle bli mina år när jag uppfyllde alla drömmar jag hade gällande studier och arbetet. Jag maximerade och gick på högvarv i alla lägen och när ett försök resulterade i ytterligare ett misslyckande, resulterade det i en depression och att jag utvecklade panikångest.

Jag har varit elak mot mig själv under flera år och borde ha förstått att jag inte kan vara alla till lags, men förstod först när jag tog professionell hjälp av en psykolog. Tidigare har jag gjort allt för att passa in i samhällets norm, men det var inte förrän jag tog hjälp från en person utanför familjen som jag förstod att jag inte behövde förhålla mig till samhällets norm. Jag är mycket tacksam över det idag eftersom jag har börjat inse att mina misslyckanden, varit en del av vägen till den jag är idag och att jag kunde utvecklas för varje situation. Psykologen fick mig även att inse att jag hade glömt bort att ta vara på mitt liv och uppskatta alla små som stora saker runt omkring mig.

Idag försöker jag att se det som att det ändå finns en lösning på alla problem och väljer att kämpa för att hålen i samhällets skyddsnät ska bli mindre.

# 4
# Grundskola och gymnasium

När jag var sex år gammal började jag i en liten grundskola där vi var elva personer i klassen och hade två lärare. På hela skolan gick det totalt 80-90 elever fördelat på årskurserna F-6, vilket gjorde att alla kände nästintill alla.

För mig var det ett stort steg att börja skolan och även om det bara hade gått en sommar, kändes det som att det hade gått flera år och att jag nu nästan hade blivit vuxen.

I skolan upplevdes jag som en glad, positiv och snäll pojke om än lite försiktig och avvaktande. Jag hade viljan att prestera bra för att lärarna skulle se att jag var duktig, men i och med min NPF-diagnos var det ibland svårt att förstå instruktioner och jag blev då osäker på vad jag skulle göra. Därför var det viktigt med rutiner och enkla instruktioner. Test som avser att bedöma inlärningsförmåga, där jag behöver förstå ord, resonera och dra slutsatser, var väldigt svårt för mig. Samma sak gällde om det till exempel var en situation där jag skulle återberätta innebörden i en text som jag hade läst.

Även om jag har en förmåga att fånga upp detaljer, förblev de till bara detaljer och inte något mer sammanhängande. Än värre blev det om jag skulle försöka förklara och redogöra i långa meningar, eftersom jag inte hittade orden. Fick vi till exempel i uppgift att läsa en bok, fick mina föräldrar läsa boken tillsammans med mig och återberätta för att jag skulle få ett sammanhang. Som tur är har lärarna förstått att jag har varit mycket bättre på teoretiska ämnen, men att ämnen som innefattar sociala situationer har varit desto svårare. Därför har mycket av undervisningen också anpassats och jag har även fått möjlighet att hoppa över något ämne för att läsa in det senare.

Att ta till sig teori har för mig inte varit några problem, men däremot har jag haft svårare för problemlösning. Det har tagit lång tid att lära sig nya moment, men när jag väl har kunnat det har jag gjort samma sak under lång tid. Att bryta en rutin har varit jobbigt och skapar än idag stor otrygghet, vilket kunde resultera i att jag blev ledsen och "blockerad" i mina tankar och känslor. Jag har tagit lång tid på mig och har utvecklats utefter egen förmåga.

Trots att jag har haft mina egenheter och hinder som orsakats av diagnoserna, har jag aldrig varit riktigt ensam. På "dagis" och i förskoleklassen var jag ofta för mig själv och hade inte många vänner, men var aldrig riktigt utsatt för någon fysisk eller psykisk mobbning. Däremot gjorde min då odiagnostiserade NPF-diagnos att jag var en udda fågel och inte riktigt passade in i någon mall. Från första klass och framåt fick jag däremot fler kompisar i och med att jag började spela fotboll och kom med i gemenskapen.

När jag senare bytte till en annan skola i samband med högstadiet fick jag med mig kompisarna från låg- och mellanstadiet och trots att jag var "annorlunda", stod mina vänner upp för mig och försvarade mig i de fall någon gav sig på mig.

När jag började högstadiet kom ännu mer press på att klara skolarbetet och det var där och då som min psykiska ohälsa började på allvar, vilket jag inte förstod då. Jag kände hur jag fick allt svårare att koncentrera mig och lyssna på läraren. Allt som hände utanför klassrummet var mycket mer intressant.

Redan första veckan för varje årskurs, kom jag efter med skolarbetet och det var en tuff start att hela tiden försöka ta ikapp allt jag missade. Vartenda år var det samma sak och jag fick alltid höra av lärarna att jag borde gå om det aktuella läsåret. För mig var det ofta svårt att hänga med på lektionerna och när de andra eleverna var klara, hade jag inte hunnit klart med mina uppgifter. Det gjorde att jag mådde sämre och fick sämre självförtroende. Därför valde jag istället att lägga fokus på andra saker. Det kunde till exempel vara att jag ville bli bäst i klassen på den teoretiska undervisningen i idrotten, eller att jag på fritiden spenderade mycket tid på fotbollsplanen för att få uppmärksamhet och visa att även jag kunde bli bra på något.

I skolan hittade jag snabbt en elev som var ungefär som mig och som även han hade problem. Ofta fick han höra att han inte skulle göra eller bete sig på ett visst sätt, vilket gjorde att jag tyckte synd om honom och inte ville att han skulle känna sig utanför.

Jag gick fram en dag och frågade honom hur han kände sig när han inte var som alla andra. Han berättade att han tyckte att det var jobbigt och frågade om jag ville hänga med honom hem. Vi blev snabbt vänner och vi hängde varenda dag i skolan tillsammans, eftersom vi nu hade någon med samma erfarenhet av att vara annorlunda. Han var mitt stöd under de tre åren på högstadiet.

När vi två fann varandra blev det också jobbigare för lärarna eftersom vi ville busa och göra allt för att synas och få uppmärksamhet, men vi menade aldrig något illa. Det finns mycket saker som vi gjorde och som jag alltid kommer att minnas. Vi var riktiga "skitungar" för att tala klarspråk. På lektionerna gick vi ofta till grupprum och gjorde andra saker och var nog mer utanför klassrummet än i. Även om vi förstörde en hel del för oss själva, är jag tacksam för att jag hittade en person som var som mig medan alla andra kunde sitta i klassrummet och lyssna på undervisningen och fokusera på vad de skulle göra. För mig som kunde lyssna på läraren för att sedan glömma allt två minuter senare, var det inte lika intressant.

Tio år senare är vi fortfarande vänner och träffas lite då och då och pratar om gamla minnen, som till exempel när vi hade orientering på idrotten. Vi två och några andra klasskompisar kom överens om att vi skulle springa och gå fel väg i onödan för att slippa lektionerna efteråt. Då vi hade orientering som första lektion var det en perfekt ursäkt för att kunna hoppa över svenskan, engelskan och de naturorienterade ämnena (NO). Våra lärare blev naturligtvis oroliga och undrade vart vi var. När de hittade oss var klockan runt 11 och lärarna var måttligt roade och lite arga, trots det faktum att vi nog ändå hade irrat bort oss oavsiktligt under vårt "bus". Vi tyckte däremot att det var superkul och ser det som ett minne.

Jag hade en lärare som hette Christian och som skulle komma att betyda mycket för mig framåt i livet. Jag kommer alltid att vara tacksam för att våra vägar korsades. Han såg mig för den jag var och fanns alltid där när jag behövde honom. Om han hade planeringstid och inte hade några lektioner, satte han sig ensam med mig för att jag skulle ha en chans att göra klart uppgifter i skolan som jag hade missat under lektionstid.

Han visste att jag ville väl och att jag ville vara den duktiga eleven, men att jag inte kunde sitta still på min plats och att jag inte förstod vad vi skulle göra. När jag träffade honom utanför skolan några år senare, berättade jag att jag verkligen inte förstår hur han orkade med mig. Han sade då att jag var en elev som han verkligen uppskattade eftersom jag inte var som alla andra.

När jag gick ur högstadiet i årskurs nio, gick jag ur skolan med godkända betyg i alla ämnen förutom svenska, engelska och historia.

Jag har verkligen Christian att tacka för mycket i och med att han valde att lägga ner så mycket tid och energi på mig.

Att komma in på gymnasiet var en tuff period i mitt liv och jag hade som mål att gå på Handels- och administrationsprogrammet, eftersom jag hade en dröm om att gå i pappas fotspår. Han har arbetat i mataffär hela sitt liv och under denna tid var han också egenföretagare, där han investerade egna pengar i en mataffär och hade koll på personal och allt runt omkring. Jag tyckte att det var mycket intressant och den dag som han skulle sluta, ville jag ta över. Det fanns dock ett problem. Och det var att det krävdes att jag hade läst 2 500 gymnasiepoäng för att kunna göra det.

Mina föräldrar krigade från sitt håll och gjorde allt för att jag skulle komma in på den utbildningen jag ville, eftersom jag annars hade behövt gå på det individuella programmet (IV). Den generella uppfattningen om IV var att de som studerade där, inte hade något mål med sitt liv utan gick enbart dit för att få närvaron och kunna få ut sitt studiebidrag.

Jag försökte däremot vara en duktig elev och kände ändå att jag förtjänade en chans med min problematik.

Tyvärr var det år 2013, när jag började gymnasiet, inte så vanligt med NPF-diagnoser och det var en kamp för att bli lyssnad på eller ens förstådd. Jag fick ofta frågan varför jag inte klarade alla betyg och varför just jag skulle få en chans. Till slut gick min dröm i uppfyllelse och jag kom in på den utbildningen som jag ville. Jag var så tacksam och glad den dagen och ville visa alla att jag hade förtjänat min plats på Handels- och administrationsprogrammet. Allt gick bra tack vare studie- och yrkesvägledaren (SYV) som även han kämpade för mig.

Under höstterminen när jag började gymnasiet, behövde jag läsa in svenska, engelska och historia samtidigt och det resulterade i extra långa dagar. Jag var då den enda som behövde läsa tre kurser utöver den ordinarie kursplanen.

Redan första dagen mötte jag fantastiska lärare som ville hjälpa mig och finnas där för att underlätta för mig. Jag var öppen med vilken diagnos jag hade och vilken typ av stöd som jag behövde. De tyckte om mig och ville göra allt för att jag skulle klara mig igenom gymnasiet med godkända betyg.

De anpassade undervisningen för mitt eget bästa och hjälpte mig att läsa texter flera gånger och sammanfattade det jag hade läst, för att jag skulle kunna svara på frågorna. De gjorde allt så enkelt och strukturerat som möjligt. Jag och mina klasskamrater kunde även åka hem och studera och behövde inte alltid vara i skolan. Mina lärare visste att de kunde lita på mig och att jag arbetade hemma trots mina brister och svårigheter.

Jag kunde komma in dagen efter och prata med dem om det var något som jag inte förstod.

Under programmet fick vi ha arbetsplatsförlagt lärande (APL) vid två tillfällen, för att få praktisk erfarenhet och kunskap om hur det är ute i arbetslivet. Första tillfället var under vårterminen i årskurs två och det andra tillfället under höstterminen i årskurs tre. Vi fick själva välja något som var inom handel.

Min första praktikplats var i en liten Netto-butik, där jag lärde mig att ställa fram varor på ett snyggt och tilltalande sätt för kunderna, samt hur jag bemöter en arg och upprörd kund. Inför min praktiktid hade jag fått veta att det fanns goda möjligheter för mig att arbeta extra under sommaren, men när jag själv frågade fanns det tyvärr ingen möjlighet då de sparade in på personal. Det var en jobbig känsla att få det beskedet, eftersom det nu inte kunde förverkligas. Speciellt med tanke på att jag hade kunnat ha ett arbete under loven.

Min andra praktikplats var i en större ICA-butik, vilket var perfekt eftersom jag alltid har önskat att få arbeta i en större butik och haft önskan att få prova på lite olika avdelningar. Mejeriet ansåg jag var mest intressant och fick då chansen att arbeta med det. Jag arbetade där i några veckor och kom snabbt in i rutinerna och tyckte att det var roligt. När jag ansökte om praktikplatsen ville jag även få lära mig kassan, då det är en viktig kunskap om du ska söka dig vidare till andra butiker. Några veckor in på praktiken uppenbarade det sig att det hade skett ett missförstånd och att jag inte skulle kunna sitta i kassan eftersom de inte tillät praktikanter att hantera kunders betalningar. Jag blev därför väldigt besviken och valde därför att hoppa av praktiken.

Efter att jag hade bestämt mig för att sluta på ICA, började jag på Willys. Jag hade då enbart åtta veckor kvar av min praktik och det var därför en stress att försöka lära mig butiken på kort tid. När praktiken var klar, hade jag både hunnit lära mig butiken och kassan och fick även ett intyg på det jag hade lärt mig. Jag kände mig stolt och fick den kassautbildning som jag behövde.

Jag frågade om det fanns möjlighet att jobba där under sommaren och efter min student, men det fanns tyvärr ingen möjlighet vilket gjorde mig besviken. Speciellt med tanke på att min praktikplats hade kunnat resultera i en tjänst efter studenten.

När jag tog studenten gick jag ut med godkända betyg i alla ämnen utom i svenska och engelska. Det blev helt enkelt för svårt och de lärare som jag hade, kände mig inte tillräckligt väl för att kunna hjälpa mig att nå mina betyg.

Vid flera tillfällen kom det också positiva överraskningar som när jag fick ett väl godkänt i handelskurserna. Det kom verkligen som en chock för mig, eftersom jag inte har haft ett så högt betyg på någon skoluppgift tidigare. Jag har snarare fått kämpa under hela mitt liv för att ens få ett betyg som motsvarade godkänt och såg det istället som ett tecken på att jag hade valt rätt linje.

Till slut kom dagen jag inte trodde att jag skulle få uppleva, men som jag ändå hade kämpat för i 13 år. Det var äntligen dags att ta studenten och för mig blev det speciellt när alla mina nära och kära samlades för att vara med och fira.

Vi i klassen började med champagnefrukost hos en av mina klasskamrater där det dukades upp en stor frukostbuffé likt en hotellfrukost. Till detta var det naturligtvis inte de vanliga dryckerna som brukar intas, utan vårt bord såg snarare ut som ett mindre Systembolag.

Lite glada i mössan, tog vi bussen till gymnasiet för att ta en avslutningsfika tillsammans med våra lärare innan det var dags för fotografering, lunch och studentutspring. Trots att det bara var ren och skär glädje denna dag, hängde det också något sorgset över skolan. Det som varit vår vardag och självklarhet i tre år, fanns där inte längre och när vi sprang ut genom dörrarna på skolan var allt slut. Vi hade dock den roligaste saken kvar och det var ju flakåkningen, där stackars kommuninvånare och övriga som befann sig i närområdet, fick höra vårt inte helt nyktra skrålande.

När vi hade avslutat dagen tillsammans med klassen efter studentflaket, åkte vi hem för att fira min student. Många människor i min släkt och familj hade samlats för att fira min examen och vara med på studentmottagningen. Vi satt ute och njöt av den 25-gradiga sommarvärmen tillsammans och åt smörgåstårta och tårta.

På kvällen var jag ordentligt trött av intrycken och den tidiga starten på morgonen. Trots det gjorde jag allt för att hänga med in i det sista och njuta av dagen till fullo, eftersom den aldrig mer kommer att komma tillbaka.

# 5
# Arbetslivet 2016 till 2019

Någon vecka efter studenten kom ångesten över att jag inte visste vad jag skulle göra här näst. Det kändes enormt jobbigt att inse att jag inte hade klarat vare sig svenskan eller engelskan, vilket krävdes om jag skulle ha möjligheten att vidareutbilda mig i framtiden. Dessutom var Handels- och administrationsprogrammet inget högskoleförberedande program, vilket betyder att jag kommer att behöva läsa in ytterligare kurser än de jag inte fick godkänt i, om jag ska studera vidare på universitet.

Jag såg tiden efter studenten som att jag hade ett tio veckor långt sommarlov framför mig, men faktum var att jag hade gått ut i arbetslöshet eftersom jag inte hade fått någon anställning.

När sommaren övergick till höst, blev det ännu tuffare psykiskt när jag fortsatt inte hade vare sig skola eller arbete att gå till. Själv var jag ständigt kvar hemma medan mina föräldrar och syster förberedde sig på en ny arbetsdag.

Att se hur mina jämnåriga gjorde det jag ville göra, skapade ytterligare en stress hos mig om att jag skulle ta tag i mitt liv. Jag pratade med en psykolog om det och fick då berättat för mig att jag inte skulle jämföra mig med andra människor, eftersom jag har mina svårigheter och att det då är svårt för mig att vara som "alla andra". I mitt tycke var hennes ord helt fel och jag gjorde allt för att uppnå och bli som en "normal" person, även om det till slut resulterade i att jag utvecklade stark prestationsångest.

I september 2016, några månader efter studenten, fick jag komma på en introduktion för att arbeta inom skola i samband med min anställning som timvikarie inom kommunen. Tjänsten var något jag sökte eftersom jag tycker mycket om att umgås med barn. Jag fick först arbeta på en förskola, där jag arbetade med 2-3-åringar. Första veckan tyckte jag att det var roligt, men kände sedan att det var "fel" ålder för mig att arbeta med och tackade därför nej till att få fler arbetspass på skolan.

Dagen efter ringde det från en låg- och mellanstadieskola, där jag i skrivande stund arbetar kvar. När jag började arbeta med åldersgruppen 6-13 år, kände jag att jag hade hittat rätt och det var här som min utveckling startade. Det var en skön känsla att saker och ting började falla på sin plats.

Mina erfarenheter och det jag har gått igenom i mitt liv, kommer ofta till användning då jag har lätt för att identifiera och se vilket extra stöd barn med svårigheter har behov av. För mig är det viktigt att bygga den relationen som jag inte fick i skolan och få barnen att känna sig sedda, trots att de har olika utmaningar.

Jag trivs också allra bäst när jag är ensam med att ha aktiviteter med barn som behöver det extra stödet, eftersom jag då kan dela med mig av egna erfarenheter och lära ut ett annat tankesätt.

Jag jobbade kvar där i nio månader innan jag fick en visstidsanställning på en annan skola, som varade fram till december 2017.

I början funderade jag på att berätta för min chef om min autismdiagnos och min psykiska ohälsa, men valde att inte berätta för någon eftersom jag inte ville att det skulle påverka min anställning. Det resulterade i en enorm press att klara av och kunna axla en roll som jag i min värld inte skulle kunna ha.

På min lediga tid tillbringade jag många timmar hemma för att förbereda mig på att vara så "normal" som möjligt, för att ingen skulle kunna uppfatta att jag var en annorlunda person. Jag visste att om jag hade gjort bort mig eller om jag uppfattades som annorlunda, skulle jag inte få förlängt och möjligheten att arbeta inom skolans värld skulle vara totalt utraderad.

Jag valde under denna tid att lägga ner träningen efter arbetet och avstod från att träffa vänner och släktingar, för att vara säker på att jag skulle klara av mitt arbete.

Som tur var, hade jag gjort ett bra jobb och fick förlängt kontrakt till juni 2018. Jag blev extremt glad och stolt över mig själv. Jag kände att nu hade jag sex månader till av arbete och jag gjorde precis som innan, det vill säga att jag valde att lägga all min lediga tid på arbetet.

Under vårterminen 2018, fortsatte det att fungera bra och jag hade samma arbetsuppgifter som innan. För min del är rutiner och struktur viktigt, så det var bara skönt att veta vad som förväntades av mig. I mitten av mars var jag på min chef och ville veta om jag skulle få fortsatt förlängt eller inte. De visste inte, men skulle återkoppla till mig längre fram. Dagar gick, som blev till veckor och till slut månader. När det var dags för skolavslutning hade jag fortfarande inte fått något besked och var därför orolig. Anledningen till de oklara beskeden var troligtvis att jag fick byta chef då den andra slutade och att det inte fanns en person, som var behörig att ta beslut inför framtiden.

Under denna tid köpte jag min lägenhet och flyttade hemifrån. För mig kändes det skönt att dels få sitt eget hem och dels känna sig vuxen och kunna ta egna beslut. Det var dock en stor risk jag tog genom att köpa min egen lägenhet när jag inte visste om jag skulle få förlängt. Mina kollegor och min chef hade berömt mig tidigare vid flera tillfällen, vilket gjorde att jag ändå fick en bra känsla i kroppen och jag tänkte att det skulle lösa sig.

Tre dagar innan min anställning skulle upphöra, fick jag genom min mejl veta att jag inte fick förlängt. När beskedet kom, blev jag arg, ledsen, besviken och förbannad. Varför hade inte en chef kunnat komma till mig och berättat om beskedet på ett annat sätt än ett mejl? Jag tyckte att det var en oerhört dålig stil och när jag slutade, kunde jag inte säga hejdå till vare sig elever, kollegor eller annan personal på skolan.

Jag visste att beslutet fick stora konsekvenser för mig som nyligen hade flyttat hemifrån, när jag nu stod utan arbete och inte hade någon inkomst. Jag började att fundera på hur jag skulle kunna betala hyran nu och visste att även den här sommaren skulle vara jobbig.

Veckan efter att jag fick lämna min tjänst, åkte jag till Polen och Sopot med pappa, bonusmamma, halvbror, syster och hennes dåvarande pojkvän.

Jag mådde dåligt inför resan, men kände samtidigt att det kunde vara bra att ha semester och få tänka på andra saker. Viktigt för mig var att bara släppa alla tankar på arbetet och framtiden. Vi hade fyra fantastiska dagar där hela semesterns standard sattes av den första dagen, då jag fick ett telefonsamtal från min tidigare arbetsplats som ville att jag skulle arbeta hos dem med en elev i förskoleklass. Jag tackade ja till erbjudandet och blev tacksam för att någon ringde och dessutom att en tidigare arbetsplats ville att jag skulle gå tillbaka till dem igen.

Jag började arbeta där i augusti 2018 och hann ha några veckors semester innan jag skulle börja arbeta igen. I början när jag lärde känna eleven, uppfattade jag att hen inte hade så stora problem och att det var en arbetsuppgift som skulle passa mig bra. Även om min anställning var begränsad till en halvtid, arbetade jag för det mesta heltid för att täcka upp i samband med att övrig personal var sjuka. Under tiden hade jag även turen att en kollega avslutade sin tjänst, så jag fick hennes tider på fritids och fick således en heltidstjänst som varade till sommaren 2019.

Under våren 2019 började jag känna mig sliten och trött efter att ha ställt höga krav på mig själv under lång tid, där jag skulle vara en duktig person som inte skulle visa upp några svagheter. Jag hade då inte haft en enda sjukdag hittills och vågade inte sjukanmäla mig, för risken att få en negativ kommentar eller få höra att jag "bara" satt hemma. Det stoppade dock inte mig från att köra på som vanligt och pressa mig ännu hårdare än tidigare.

Till slut fick jag dock ändå sjukanmäla mig en vecka för att samla kraft om jag över huvud taget skulle orka att gå upp ur sängen. Jag hade förutom min heltidstjänst och tiden jag lade på att förbereda mig inför varje pass, försökt umgås med familjen och spela innebandy två gånger i veckan med kompisar. Jag kände mig nu mycket starkare såväl fysiskt som psykiskt och började efter min vecka hemma, att återgå till jobbet och visa en fasad utåt.

Jag började även vid sidan om arbetet, innebandyn, vänner och familj, att göra ett nytt försök att studera och läsa upp mina betyg. Jag tog kontakt med en studie- och yrkesvägledare (SYV), för att få hjälp med att plugga halvtid på distans. Den här gången berättade jag om min autismdiagnos och att jag skulle behöva extra stöd under kursens gång.

Det var ohållbart att fortsätta i den här takten, men jag tänkte då att jag var odödlig och kunde göra allt för att uppnå i princip vad som helst.

Jag var under denna tid uppe mycket på nätterna och studerade till klockan var närmare tre på natten, även om jag skulle gå upp klockan sju. Jag sov ungefär tre-fyra timmar varje natt under några månaders tid. Jag mådde då hur bra som helst och tänkte inte på konsekvenserna av mitt beteende. Min förhoppning var att om jag kunde klara några kurser under våren, skulle jag inte ha så mycket att läsa in under hösten. Det slutade dock med att jag inte klarade vare sig svenska- eller engelskakursen, eftersom jag inte hade orken att fortsätta i samma tempo in i det sista. Jag vågade inte heller fråga min lärare om hjälp och inte heller om hjälp utifrån, eftersom det kunde vara saker som är de mest enkla för en "normal" människa. Hur hade personen jag frågade om hjälp från, egentligen tänkt och reagerat? Jag hade sedan tidigare fått höra att jag inte borde studera eftersom det skulle vara alldeles för svårt för mig. Jag hade dock inställningen att jag ville vara som alla andra och att jag inte skulle visa några svagheter när det kom till vare sig skola eller arbete.

När jag fick veta att det skulle bli ytterligare ett underkänt, kändes allt hopplöst. Och om jag dessutom såg att mina kollegor kunde gå vidare med andra tjänster eller studera vidare, kände jag mig olycklig och ensam eftersom jag inte kände någon som befann sig i samma situation.

Ensamheten var stark och jag kände hur jag började dra mig undan från andra människor, eftersom jag hade bilden av att vara misslyckad. Att ha hittat sitt drömyrke och samtidigt inte kunna studera vidare och utbilda mig inom ämnesområdet, kändes ännu värre.

Jag letade efter lycka och saknade något i mitt liv som kunde göra mig till en bättre person. I mitt fall har jag alltid tyckt om spel och använde det som ersättning när jag började att isolera mig från omvärlden. Jag hade nu mer tid över till att vara för mig själv och göra något som jag gillade. För mig har fotboll varit en del av det och även spel, vilket gjorde att jag började tippa på matcher som jag följde.

I början var det mest lite på skoj för att få "kicken" som jag saknade i mitt liv och det började då med småsummor, men övergick till allt hårdare betting.

Det var lite extra kul att tippa de gånger jag träffade vänner som också följde matchen. Och när jag vann lite större summor på tipset, kände jag mig glad över vinsten och en viss stolthet över att ha lyckats sätta ett antal eller alla rätt.

Jag hittade något som jag hade saknat i mitt liv och tillbringade timmar framför fotboll och spel. Min egen tid gick istället till att analysera matcher och inte till att lägga tid på studier och andra saker som gav negativ påverkan på min psykiska hälsa. Jag levde i en slags värld som jag egentligen inte ville vara i.

För att få upp min energi igen, spenderades mycket av min första och egentligen riktiga semester i mitt arbetsliv, med att träffa vänner och familj.

# 6
# Arbetslivet 2020 till idag

När hösten började igen, skulle jag fortsätta med min elev som nu skulle börja i årskurs ett. Vi trivdes bra ihop och mina arbetsuppgifter blev då lättare, men när Coronaviruset gjorde sitt intåg hade det ingen betydelse för arbetsbelastningen som då blev tyngre.

Som bekant gjordes en rad anpassningar för att minimera risken för smittspridningen, genom att till exempel undvika onödigt umgänge med andra människor och hålla sig hemma i samband med förkylningssymptom. Det gjorde att jag fick lägga mycket mer fokus på arbetet och att jag och mina kollegor fick täcka upp för varandra för att den dagliga verksamheten skulle kunna fortsätta.

Även om det blev en stressig tid på arbetet, gav den mig insikten om att det är viktigt att stanna upp emellanåt om jag skulle ha orken att fortsätta köra på som vanligt. Trots det, hade jag inställningen att jag skulle vara den "duktiga" personen under ett bra tag.

Utåt sett var allt perfekt och min omgivning var glada för min skull att jag hade hittat ett arbete som jag trivdes med och att det fungerade bra på min arbetsplats. Vad de inte såg var att mycket av min vakna tid utanför arbetet, gick åt till förberedelser och planering för att jag skulle kunna upprätthålla min fasad ännu en vecka. När helgen kom och jag var ledig, använde jag tiden till förberedelser och analys för hur kommande vecka skulle bli och vad jag kunde förbättra.

Jag började därför att ta kontakt med en psykolog angående min situation på arbetsplatsen, men var osäker på hur mycket jag skulle dela med mig av och om han skulle förstå mig. Det var dock viktigare att få lite extra verktyg i min verktygslåda genom tips och råd inför framtiden, samt vad jag kunde göra för att må så bra som möjligt i en redan tuff situation. I det här läget hade jag en psykolog som förstod och fick mig att känna mig bekväm, men vid senare tillfällen och vid möten med andra psykologer kände jag mig inte alls förstådd.

Att ha ett osynligt funktionshinder när du arbetar, kan vara en utmaning om du inte förbereder dig eller får förståelse på din arbetsplats. För mig är det just förberedelser som har gjort att jag har klarat av mitt arbete, men efter sommaren 2020 hände något. Jag gick från att trivas på min arbetsplats till att mer eller mindre enbart arbeta för att kunna betala min hyra. Anledningen till att jag hamnade i den situationen, orsakades av att jag hade en autismdiagnos som jag inte ville berätta om för någon annan än min chef. Jag var helt enkelt rädd för vilka konsekvenser det skulle få och att jag skulle bli behandlad på ett annorlunda sätt, om jag berättade för mina kollegor. Därför försökte jag att vara så normal som möjligt och inte visa de brister och svagheter som kom med min NPF-diagnos.

I och med att Coronaviruset och Folkhälsomyndighetens rekommendationer gjorde att bemanningen alltid var lägre än normalt, behövde vi släppa på våra egna gränser på vad vi ville och inte ville göra för att den dagliga verksamheten skulle kunna fortsätta. För mig var det här ett problem eftersom min svaghet under den tiden var att jag hade svårt för snabba förändringar, och att jag inte fick tiden att förbereda mig i den utsträckningen som jag ville och behövde för att jag skulle känna mig trygg. Att till exempel ta en klass direkt utan att jag visste vad jag skulle göra, gav mig stresspåslag eftersom eleverna är experter på att se när du är stressad eller inte har full koll på vad du ska göra. I en sådan situation testar de ditt tålamod, dina gränser och kan lätt vägra att lyssna på dig och gör allt för att få dig ur balans. För mig som ville vara den duktiga och inte påvisa något funktionshinder, kunde en sådan situation bli jobbig.

Oftast känner du vid lektionens början hur det kommer att bli, och en dålig lektion ger mig en enorm ångestkänsla om jag har varit ansvarig för undervisningen. Jag hade vid ett sådant läge känt mig misslyckad och som den enda orsaken till att det blev fullständigt fel i klassrummet. Istället för att reflektera över vad som hände, blev jag istället arg på allt och ifrågasatte vad jag hade gjort för fel. Varför ville ingen förstå att jag inte bara kunde bli inkastad i ett klassrum och varför utsattes jag för detta vid upprepade tillfällen?

Under denna tid pratade jag med min chef flera gånger och bad om att inte behöva ta en klass, eftersom jag behövde få komma bort från den stress och press som det innebar att bli inkastad i något oväntat samtidigt som jag förväntades att leverera på topp. Jag hade flera möten med min dåvarande chef, men kände inte att han ville förstå min situation eller kunde hjälpa mig till fullo. Jag framförde ett behov av att få byta arbetsplats för att jag skulle få må bra och få en nystart, där jag inte blev satt på arbetsuppgifter som jag inte klarade av. Beskedet som min chef gav mig var att det inte gick om det inte fanns en redan ledig tjänst på en annan skola inom kommunen.

Jag tror att min chef inte förstod vad det innebär att ha en NPF-diagnos och vilka hinder det kan medföra. Mycket av min frustration och känslan av att vara hjälplös tog jag därför ut på min chef. Det kändes nästan bättre att bli uppsagd än att fortsätta utstå denna onödiga stress och press.

För mig innebar snabba förändringar också att min dagliga rutin ändrades, vilket även det gav en inre stress. Det kunde exempelvis vara att jag var van vid att ha rast vid en och samma tidpunkt varje dag och att jag istället fick ta på mig att vara rastvakt, för att inte sätta mina kollegor i problem. Det gav istället frågor som "Hinner jag få rast nu?" och konstateranden som "Nu får jag ändra i min planering". För en person som inte har en NPF-diagnos kan det här framstå som väldigt barnsligt, men faktum är att det är så många människor med en NPF-diagnos fungerar. Vi har helt enkelt ett stort behov av att planera vår vardag.

Idag har jag fått lära mig att vara mer flexibel och att vad som helst kan uppstå och speciellt när du arbetar inom skolans värld. Därför är det en fördel att redan innan förbereda och ligga steget före om en förändring skulle uppstå. Jag ser även detta som en viktig del när jag arbetar med elever som har samma funktionsnedsättning som mig, eftersom det kan vara en så liten ändring som en brandövning eller annan mat än den som är på matsedeln som ställer till det.

När mina kollegor såg att jag inte mådde bra och hade det tufft, önskade jag att det fanns någon som frågade mig hur jag verkligen mådde.
I takt med att jullovet närmade sig, var jag inne på möte med chefen några gånger i månaden då de ansåg att jag inte ställde upp tillräckligt och var en dålig lagspelare. Visserligen gjorde jag inte alltid det som var rätt, men många gånger kände jag mig utpekad för att jag var annorlunda och fick skulden för situationer där jag inte hade varit inblandad.

Våren 2021 fortsatte på samma sätt som föregående termin. Jag fick mycket kommentarer på hur jag var som person och möten fortsatte. Nu började min chef att fråga om jag behövde hjälp med saker för att kunna arbeta, men han frågade aldrig om intyg gällande min NPF. Jag tror i viss mån att det berodde på att han trodde att jag inte hade någon NPF-diagnos, utan att han såg det mer som ett svepskäl om jag gjorde något fel eller var långsam i mitt arbete. Jag hade tidigare under våren börjat berätta för mina kollegor om att jag hade en diagnos, men fick aldrig något gehör. Enbart en person på min arbetsplats tackade för att jag berättade och ville lära sig mer om hur jag och andra personer i samma situation fungerar. I övrigt såg kollegor det som en bortförklaring och fällde kommentarer som till exempel "När har du pratat klart, så att vi kan arbeta vidare?". För min och andras skull var jag istället fast besluten att visa att det inte var "mitt" självvalda fel, eftersom det inte var vanligt att vara öppen om sina diagnoser förrän flera offentliga personer valde att berätta sina historier.

För att mina fel och brister samt svårigheter inte skulle märkas, gjorde jag allt jag kunde för att visa att jag var precis som alla andra. Trots det hamnade jag i en situation där ingen såg hur jag ansträngde mig för att vara som alla andra, vilket gjorde att jag lika gärna kunde vara den person som ingen förväntade sig något av. Jag valde därför att inte ställa upp på något utöver mina ordinarie arbetsuppgifter och var säkerligen ingen rolig person. Det kan tyckas vara dumt gjort av mig, men det blev och var egentligen mitt enda sätt att markera att något var fel.

Jag kände mig totalt ensam och värdelös och situationen var verkligen helt ohållbar, vilket gjorde att jag behövde prata med min chef igen. Den här gången var det dock en helt ny person som jag fick prata med, eftersom min förra chef inte hade ansvar för den årskursen jag skulle börja arbeta med efter sommaren. Jag bokade in ett möte med henne redan under hennes första vecka och medan jag fortfarande hade semester. Förhoppningsvis skulle hon kunna hjälpa mig att få byta arbetsplats som jag så länge hade önskat.

Mötet kom att bli långt och jag trodde nästan att jag skulle skrämma iväg henne med hur mycket jag hade att berätta. Hela min historia berättade jag från början till slut, argumenterade för att jag skulle få byta arbetsplats och vad som kunde hjälpa mig till dess att min önskan uppfylldes. Min chef begärde in intyg från vården och på kort sikt hjälpte hon mig genom att jag inte behövde ställa upp på allt, vilket gjorde att jag kunde fokusera på mitt uppdrag som jag hade. Det blev mycket bättre för mig när jag inte behövde ha flera saker att göra samtidigt, och jag kände äntligen att någon var beredd att lyssna på mig samt att hon ville mitt bästa.

Min chef försökte att hjälpa mig genom att hitta en annan tjänst och pratade med personalavdelningen. Tyvärr hjälpte det inte, då min chef liksom jag enbart fick till svar att de inte flyttar personal hur som helst. Beskedet kändes tungt, men jag fortsatte att kämpa och hade möte med min chef på nytt. Vi tittade på alla möjliga vägar som vi såg där och då, men det hjälpte inte oavsett om vi förklarade min situation eller försökte övertyga personalavdelningen vilken tillgång jag var för barn med särskilda behov. Det enda svar jag fick, var att söka eventuellt publicerade tjänster på kommunens hemsida.

När jag väl sökte en ledig tjänst, fick jag veta att det skulle vara väldigt svårt att få den eftersom de konstant sökte utbildad personal och inte var intresserade av att anställa någon som hade erfarenhet men ingen utbildning. Fick jag någon gång ett erbjudande var det tidsbegränsat och eftersom det var inom samma område, kunde jag därför inte få tjänstledigt. Ville jag inte ta risken att stå utan en tjänst om några månader, tvingades jag att tacka nej även om jag mådde extremt dåligt på min arbetsplats.

Sedan 2019 var jag även i kontakt med fackförbundet och har fört en dialog under många år gällande min arbetssituation och möjligheten att byta arbetsplats. Trots att jag har berättat hela min historia och försökt att förklara situationen, har de inte riktigt förstått vilken typ av hjälp jag har behövt.

Första steget till att ta kontakt med facket började när jag fick tips av en kollega om att jag kunde prata med facket, om jag hade funderingar över min arbetsplats. Då hade jag inte lika allvarliga samtal utan det var mer frågor om vilken lön jag skulle begära. Jag fick prata med person 1 på facket om det fanns någon möjlighet att få bättre arbetsvillkor, men det rann ut i sanden.

Under 2020 hade jag mer regelbunden kontakt med person 2 och där var även min dåvarande chef med, när vi pratade om tiderna på arbetsplatsen och hur jag mådde rent allmänt. Jag frågade facket om de kunde hjälpa mig att byta arbetsplats, eftersom jag verkligen behövde hitta en ny tjänst för att må bättre. Återigen fick jag berätta om mina svårigheter med vissa arbetsuppgifter samt flexibilitet, men inte heller de kunde hjälpa mig och jag fick än en gång hantera den motgången och påminnelsen om att jag försökt att studera i flera år utan att lyckas.

I samband med vintern 2020, pratade jag med person 3 på facket, som inte heller den verkade lyssna på vad jag hade att säga eller som kunde hjälpa mig att få till en förändring. För mig var det dittills den viktigaste tiden att få till en förändring på, eftersom jag nu även kände mig "mobbad" i och med att jag ständigt mottog kommentarer på hur jag var som person och hur jag arbetade. Jag förklarade även för facket att min manliga chef inte ville lyssna eller ta detta på allvar, troligtvis på grund av hans rädsla för att ta konflikter.

Trots flera försök att prata med människor som fanns runt omkring mig i min tjänst, fanns det ingen som kunde hjälpa mig att byta arbetsplats. Då det inte fanns något annat alternativ än att fortsätta gå till en plats jag inte trivs på, har jag fått fortsätta arbeta med ytterligare möten som följd. Under våren 2022 hade jag ännu ett möte med min kvinnliga chef och bad henne att lyfta mitt dilemma med förvaltningen, för att se om det gick att fastanställa mig på en annan skola trots att jag inte hade någon utbildning. Tyvärr fick jag, efter att min chef pratat med förvaltningen, dessvärre veta att det inte gick om du var outbildad. Mitt ickealternativ att säga upp mig om jag inte trivdes på arbetsplatsen, landade återigen i mitt knä och att få en ny tjänst inom samma område skulle förmodligen bli svårt. Jag började känna efter alla dessa år av ständig kamp att de inte var intresserade av en sådan person som mig, som inte kunde utbilda mig till det som krävdes men som ändå hade ett driv framåt i livet. Jag började förstå det som jag sedan länge borde ha förstått, att allt faktiskt handlar om utbildning oavsett diagnoser eller vem du är som person.

I ett försök att hjälpa mig i min situation, gav min chef mig ett förslag som jag nappade på. Jag hade absolut inget att förlora på det, utan det kunde enbart ge mig en vinst om det lyckades. Förslaget som jag fick var att min chef skulle tipsa rektorerna i kommunen om mig och att hon kunde lägga in några rekommendationer, för att se om någon var intresserad av att ge mig en chans. Jag fick tyvärr aldrig någon återkoppling på det och även här rann allt bara ut i sanden. Min chef skrev en del fina saker om mig, men även om att jag hade en NPF-diagnos och att det kunde vara en tillgång vid kontakt med elever med särskilda behov. Jag förstod inte riktigt varför någon skola i kommunen inte ville ge mig en chans. Var det fortfarande utbildningen som var viktigast? Eller berodde det på att jag hade en NPF-diagnos och att det gjorde skolor rädda för att anställa mig? Många frågor hade jag och började ringa runt bland rektorer i kommunen och frågade om det fanns något intresse. Många rektorer kände igen mig sedan innan, eftersom jag har pratat under en längre tid om att byta till en annan skola. Jag fick ständigt ett nej och kände mig helt värdelös och var helt utan självförtroende.

När jag pratade med mina anhöriga tyckte de att jag borde arbeta inom en annan bransch, eftersom det inte var någon idé att fortsätta kämpa när ingen ville hjälpa mig. Jag var dock fast besluten att personer som inte känner mig, inte skulle få förstöra för mig och min framtid. Varför ska jag behöva arbeta med ett annat yrke för att ingen kan, vill eller förstår hur jag har det? Är det viktigare att sätta in en person med utbildning som inte kan handskas med elever, än vad det är att sätta in en outbildad person som har tidigare arbetslivserfarenhet och dessutom egen erfarenhet av att vara den udda fågeln i samhället.

Den dagen jag slutar att kämpa, kommer alla människor som har sagt att jag inte kan bli någonting att vinna. Jag vill stå där en dag och säga till alla dem som inte har trott på mig; "Ni sa att jag inte kunde bli något, men se var jag är idag och hur långt jag har kommit!".

Hela tiden har jag funderat på om det har varit något personligt som har gjort att jag inte kommit vidare och jag har även ställt den frågan till min kvinnliga chef, men så har det absolut inte varit enligt hennes ord. Frågan har dock kvarstått varför jag inte har fått vare sig en första eller andra chans?

Strax innan sommarlovet skulle börja 2022, gjorde jag ett nytt försök och pratade med min chef om hon kunde lyfta frågan igen med om någon rektor var intresserad av att anställa mig. Hon tog upp det på ett rektorsmöte och försökte på nytt för min skull, men vi fick tyvärr inget gensvar den här gången heller. För att förhoppningsvis få andra människor att se att jag gjorde ett bra arbete, visade jag en annan sida av mig själv och var den duktiga som ställde upp på allting utan att visa upp fel och brister. Jag kände att det inte spelade någon roll om jag gjorde ett bra eller dåligt arbete.

Inför skolstarten 2022 tog jag ett hastigt och snabbt beslut om att ta en paus från min arbetsplats, för att fundera på vad jag skulle göra framöver. Jag har nästan aldrig haft någon semester sedan jag började mitt yrkesliv, eftersom jag har behövt gå på en massa möten och liknande för att lösa andra saker. Med tanke på att jag tidigare har varit utbränd, behövde jag en paus för att rensa hjärnan och huvudet. Jag hade hela tiden arbetat, knappt sovit sex timmar per natt och tänkt i timmar på hur framtiden skulle bli och vad jag verkligen ville göra.

När jag var tillbaka några månader efter min paus, slutade den manliga chefen som jag tidigare hade haft och jag kände äntligen att jag kunde andas ut. Jag fick åter igen en ny chef eftersom eleven jag arbetade med, nu gick i en annan klass och som den kvinnliga chefen inte hade något ansvar för. Precis som för den senaste chefen jag hade haft, fick jag även här ett gott intryck och kände att jag kunde vara mig själv.

Redan första dagen frågade jag honom om han kunde hjälpa mig att komma bort från min arbetsplats och om han hade tips på hur jag kunde gå tillväga. Han skulle samla in information och återkomma till mig längre fram. Jag fick dock ligga på mycket för att få ett svar.

För, nästintill, en gångs skull hade jag en chef som tyckte bra om mig och fick mig att känna mig uppskattad på min arbetsplats. Han ville ha mig kvar och kände att han behövde någon som hade ett "annorlunda" tänk, samtidigt som mitt arbete blev uppmärksammat. Trots att han ville ha mig kvar, tog han ändå kontakt med förvaltningen och det blev ett nej även där. De föreslog att jag skulle söka lediga tjänster på nätet eller söka en elevassistentstjänst istället.

Jag var återigen besviken, men inte på min chef som person utan på hela situationen som jag hade hamnat i. Jag kände att när det kom en ny chef kunde det eventuellt vara till en fördel, eftersom det bara blir fler och fler chefer som förhoppningsvis pratar gott om mig samtidigt som de kan intyga att jag vill byta arbetsplats. Tyvärr blev det oavsett antal chefer som försökte hjälpa mig, ett nej vid varje tillfälle de försökte.

Dagen då min manliga chef slutade, kommer jag aldrig att glömma. Han kom fram till mig och ville prata med mig på hans rum. Han berättade att han var tacksam över att ha fått arbeta med mig, och var det något han ville så var det att det skulle gå bra för mig i livet. Han gav mig extra glöd att kämpa vidare och fick mig att känna att det fanns någon som brydde sig. Med orden ”Kom ihåg att det du gör för eleverna varje dag, är viktigt för deras nutid och framtid. Du behövs i skolans värld!”, lämnade han ett sista avtryck hos mig innan han lämnade sin ”gamla” arbetsplats bakom sig. Orden som kommer från en chef som är minst dubbelt så gammal som mig, gjorde att jag fick ett bättre självförtroende och att jag ville fortsätta att kämpa.

Inför sommarlovet 2023 frågade jag den kvinnliga chefen som jag haft tidigare, om hon kunde göra ett nytt försök att fråga runt och hjälpa mig att komma bort från skolan. Den här gången var hon däremot frågande till varför jag skulle söka mig bort när allting hade fungerat så bra på skolan. För mig handlade det inte om att skaffa vänner eller få beröm, utan jag vill fortsätta utvecklas. Än en gång gick hon med på att prata med förvaltningen, trots att både hon och jag visste vad svaret skulle bli. Jag fick som vanligt höra att de inte flyttade på personal i kommunen om personen inte har utbildning. Som vanligt var frustrationen över min situation stor.

Till skolstarten 2023 började en ny chef och jag hade som vanligt, när en ny chef började, ett möte för att informera om min situation och återigen ställa frågan om hon kunde hjälpa mig därifrån. Hon ställde olika frågor som jag redan visste svaret på eller som jag hade besvarat ett antal gånger tidigare. Jag föreslog även för henne att prata med förvaltningen och om de kunde göra något åt min situation, men fick samma tråkiga svar om att de inte kunde flytta på en outbildad person eller att jag fick söka en tjänst på kommunens hemsida.

Jag fick dock ett tips om att prata med företagshälsovården om att jag mådde dåligt på min arbetsplats. Vi bokade in möten hos dem och för den femtioelfte gången i rad, berättade jag min situation från början till slut. Varje gång jag berättade och förklarade, frågade jag också den ständiga frågan ”Kan ni hjälpa mig att komma bort från min arbetsplats?”. Inte heller de kunde erbjuda mig den hjälpen jag verkligen ville ha och kände att jag behövde, utan enbart erbjuda samtalsstöd om jag mådde dåligt på min arbetsplats. För mig handlade det inte innan och inte heller nu om att få någon som enbart lyssnade på mig, utan om någon som faktiskt kan göra något konkret för mig.

Under hela mitt arbetsliv har jag pratat med många olika personer, till och med verksamhetschefen som jag har försökt ringa vid några tillfällen och skrivit sms till. Jag har dock inte fått något konkret svar tillbaka. Det jag ville prata med henne om har som bekant varit att byta arbetsplats, men oavsett vad jag har gjort har jag inte känt att jag har fått något gehör eller förståelse från någon.

# 7
# Mina försök till vidareutbildning

När jag hade arbetat ett år på fritids, kände jag att det var något som jag ville fortsätta att arbeta med och att jag även kunde tänka mig att studera vidare till lärare i fritidshem på universitetet. Jag hade dock ett problem, vilket var att jag inte hade fullständiga gymnasiebetyg och att jag skulle behöva läsa upp ämnen. Jag tog kontakt med en studie- och yrkesvägledare (SYV) på den kommunala gymnasieskolan, som vägledde mig för att jag skulle kunna studera. Det blev att jag började läsa på distans via Hermods.

Jag läste svenska och engelska på halvfart och visste sedan innan att det skulle bli svårt att klara kurserna, men skulle hela tiden vara den duktiga personen och vägrade därmed också att visa på eventuella brister. Under kursens gång kände jag att det blev alldeles för svårt och jag visste direkt att jag inte skulle klara det. Jag kände mig därför misslyckad och väldigt dålig som person.

Ett misstag som jag troligtvis gjorde, var att jag inte berättade för läraren om min NPF-diagnos och mina svårigheter beträffande inlärning och att läsa långa texter. Varför jag inte berättade det, var helt enkelt för att jag inte ville visa att jag var annorlunda och hade brister gällande studier. Det var enbart mitt fel att jag inte klarade kurserna.

Jag minns när jag gjorde Nationella proven (NP) och att jag då knappt fick ett enda rätt, vilket orsakades av att jag inte ville berätta om mina behov som till exempel att jag hade behövt mer tid än andra. Att få ett ämne helt slumpvist utvalt och utan möjlighet att förbereda sig, skapar en enorm stress hos mig som ger kortslutning i hjärnan. Att dessutom ha en begränsad tid, resulterar i ett enda stort kaos.

När jag hade gjort ett läsförståelseprov i svenska på NP, fick jag enbart några få rätt och var långt ifrån ett godkänt. Läraren som visade mig provet, frågade rakt ut om jag hade gjort mitt bästa och undrade hur jag hade klarat av svenskan på högstadiet. Jag förstod varför han frågade och hade jag varit i hans kläder, hade jag frågat mig själv samma sak.

Jag gick hem den kvällen och kände att livet var hopplöst. Hur ska jag kunna plugga och få chansen till mitt drömyrke om jag inte kan läsa in skolämnen? Allt kändes bara jobbigt i och med att jag lever med ett osynligt handikapp och var återigen rädd för att ingen skulle förstå.

I fortsättningen och vid andra tillfällen när jag gjorde NP, berättade jag tydligt att jag allra helst ville avstå från dessa moment. Anledningen är att jag i förväg behöver veta vad proven handlar om och vad som förväntas av mig, för att jag ska få möjligheten att förbereda mig. Tyvärr räcker inte den extra tiden, eftersom pressen på att leverera och klara denna del kvarstår. Jag visste också att om jag inte klarade NP, skulle jag inte få godkänt i kurserna trots tidigare prestationer. Jag förstod verkligen inte varför jag fortfarande skulle tvingas att stånga mig blodig för ett prov som ändå skulle hånskratta åt mig för varje gång jag gjorde det.

Viljan att kunna söka den tjänsten jag ville få, var dock större och gjorde att jag vågade mig på att studera på nytt igen. Utåt har det alltid sett ut som att jag har studerat för att få mitt studiebidrag och att jag av lathet inte klarade mina kurser. Det har naturligtvis inte varit anledningen. För om jag inte hade velat studera, hade jag inte behövt sätta mig i den här situationen heller.

När jag har varit i kontakt med SYV och gått igenom min utbildningshistorik, går den mellan perioden 2017 och 2022 och ser ut som följande:

- Svenska 2 – första försöket via Hermods 2017

- Svenska 3 – andra försöket via Hermods 2020, men inte vid tidigare försök 2017

- Engelska 5 – tredje försöket via Hermods 2022 och hade då försökt via både Komvux i kommunen och Hermods

- Engelska 6 - har försökt två gånger, men inte uppnått betyg och har provat både Komvux i kommunen och Hermods under 2022

- Samhällskunskap 1a2 – har försökt två gånger, men inte uppnått betyg och har provat både Komvux i kommunen och Hermods under 2022

- Naturkunskap 1a2 – klarade jag på första försöket via Hermods 2021

Jag kommer inte specifikt ihåg vad som har hänt vid varje tillfälle genom åren, mer än vid engelska 5 och 6 samt samhällskunskapen som jag läste under våren 2022. Det som jag var med om, återspeglar det jag har upplevt under alla år i skolan på ett mycket bra sätt och visar hur det verkligen kan vara i skolans värld.

När jag studerade 2022 hade jag nyligen träffat min sambo och frågade henne om hon hade möjligheten att hjälpa mig, eftersom hennes lägsta betyg på gymnasiet motsvarade ett gammaldags väl godkänt och jag behövde någon som jag ansåg var duktig i skolan. Såklart kunde hon hjälpa mig och tyckte att vi hjälps åt i förhållandet oavsett vad det än är. Och en vacker dag kanske jag får hjälpa henne i gengäld.

På dagarna arbetade vi båda och fortsatte vår arbetsdag innan vi ens hade hunnit äta middag, genom att börja läsa och ta oss an de uppgifter som jag hade i kurserna. Mycket av våra helger gick även dem åt till att studera och vi båda funderade nog rätt länge på vad vi skulle gjort i ett normalt förhållande utan studier. Ingen av oss ville att en dålig film på bio eller en timma bowling, shuffleboard eller en tur till Gekås i Ullared, skulle förstöra mina chanser att i framtiden utbilda mig till det jag vill. Gjorde vi något annat än att läsa en bok eller göra övningar på datorn, såg vi en film eller en dokumentär som även den var kopplad till studierna.

Den första kursen sträckte sig under hela våren och var samhällskunskap 1a2, som jag även hade försökt läsa in under sommaren 2020 för att kunna komma in på högskolan redan då. Vid första mötet med min lärare visste jag redan att vi inte skulle komma att få en bra relation, då jag kände att han inte tog mig och mina inlärningssvårigheter på allvar utan att han mest skämtade bort det. Det faktum att jag oavsiktligt bar Liverpoolkläder vid majoriteten av mina möten med honom medan läraren själv var Tottenham-supporter, verkade också ha ställt till det i vår relation trots att fotbollslag inte ska påverka.

I kursen var det två stora inlämningar som jag skulle klara och i slutet var det ett stort prov som vi behövde få godkänt på för att klara kursen. Då prov är svårt för mig och skapar ett enda stort kaos i mitt huvud med allt jag behöver tänka på, gav jag som förslag att få göra en extra inlämning istället. Det gick inte min lärare med på och förstod inte alls varför jag skulle få en annan förmån än mina kurskamrater.

För att vara på den säkra sidan inför inlämningarna, frågade jag läraren en extra gång vad exakt uppgiften var och hur jag skulle skriva. På något sätt lyckades både jag och min sambo att missförstå läraren och gjorde tydligen tvärtemot lärarens instruktioner varje gång. Trots det lyckades jag ändå att bli godkänd på inlämningarna, vilket tydligen berodde på att någon annan hade läst igenom och kommit med feedback gällande mina inlämningar för att förbättra språket.

När det väl var dags för provet, gjorde jag det i en av den kommunala gymnasieskolans lokaler tillsammans med kurskamraterna som jag inte hade träffat tidigare då all undervisning skedde på distans. Allt eftersom proven lämnades in, rättade läraren och inom några minuter fick jag beskedet som jag redan hade väntat mig. Jag klarade det inte. Min lärare berättade för mig att om jag skulle klara kursen behövde jag klara provet vid nästa tillfälle, men att han skulle ta med flera av frågorna från det första provet till omprovet. Jag försökte att memorera frågorna och framför allt de frågor jag hade missat. Allt gick på repeat i hjärnan för att jag inte skulle svara fel vid nästa tillfälle.

När jag väl kom till salen vid nästa prov, såg jag att inte en enda av de tidigare frågorna fanns med den här gången. Jag frågade honom varför han hade bytt ut allt och fick till svar att ”Tror du verkligen att det blir samma frågor denna gången som förra?” följt av ett näst intill hånskratt. Jag förstod att han inte kunde ge oss samma prov som innan, men någon fråga kunde väl få vara kvar för att ge oss en chans att klara det den här gången. Jag kände hur tårarna nästan kom när jag gick igenom fråga efter fråga och insåg att kaoset i mitt huvud som ett prov skapar, skulle göra att jag inte klarade provet den här gången heller.

När jag lämnade in provet fick jag desto färre rätt än förra gången. Läraren frågade mig om jag verkligen hade försökt mitt bästa och påtalade att det fanns tid kvar. Jag gick tillbaka och satte mig på min plats för att försöka igen, men min hjärna var helt blockerad och det fungerade därför inte. Jag hade en diskussion med läraren om att jag har en NPF-diagnos och vad prov gör med mig, samt att det blir ännu svårare när alla frågor är helt nya. Den diskussionen varade i 30 minuter och ju mer jag försökte förklara, desto mindre kände jag att han ville försöka att förstå hur jag fungerar. Till slut bestämde jag mig för att gå därifrån och tog bilen hem till lägenheten. Jag mådde extremt dåligt under eftermiddagen och kvällen och tog kontakt med SYV dagen efter, för att fråga om det fanns något de kunde göra för att få läraren att ge mig ett anpassat prov och därmed underlätta min examination. Det gick dock inte att hjälpa mig på något sätt, utan jag fick ha samma förutsättningar som alla andra oavsett inlärningssvårigheter eller inte. Jag hade trots allt enbart varit några få poäng från att klara hela kursen vid första provet.

För att underlätta för mig själv i samhällskunskapen, tog jag inte enbart hjälp av min sambo, utan även av en pedagog som jag hade under mitt första år på gymnasiet. Jag behövde en lärare som ville mitt bästa och som även skulle kunna förstå mig. Halvvägs in i kursen började han hjälpa mig och jag åkte hem till honom vid flera tillfällen för att få hjälp med hur jag skulle tänka. Vi satt tillsammans och studerade och jag kände att det fungerade bra och att jag tack vare honom skulle klara kursen. Jag blev så glad att någon utomstående ville hjälpa mig med mina studier, men någonting hände under tiden och jag har än idag inte fått någon förklaring.

Efter några kvällar när han hade hjälpt mig att studera, slutade han plötsligt att svara på mina telefonsamtal, mejl och sms. Min pappa som kände läraren sedan tidigare och även hade honom som kund i butiken, hade inte vare sig sett honom eller hört något från honom. All hjälp som jag hade fått från honom tidigare, försvann och jag fick förlita mig på den hjälp som min sambo kunde ge mig. När allt rann ut i sanden, resulterade allt slit i att min kurslärare fick sätta ett underkänt och möjligheten att studera på universitetet försvann.

Jag läste också engelska 5 och 6 under terminen i kombination med samhällskunskapen och ägnade halva terminen åt respektive kurs. Den första delen av engelskan klarade jag med godkänt resultat, men NP satte stopp för mig i engelska 6.

Jag hade i kursen kontakt med en lärare som inte kunde någon svenska, vilket bara det var ett problem när vi försökte kommunicera i samband med att jag behövde hjälp. Extra svårt var det också att försöka förklara att jag hade en NPF-diagnos och vad den innebär för mig, men hon förstod ändå att jag behövde extra mycket stöd och hjälp i kursen som för övrigt flöt på bra. Jag var tydlig redan första dagen med att jag inte ville göra NP eftersom jag mot bakgrund av tidigare erfarenhet av prov, visste att jag inte skulle kunna klara av det när jag dessutom var tvungen att göra det på ett annat språk. Jag hade klarat hela kursen och var imponerad av mig själv att jag faktiskt hade lyckats att ta mig igenom den, även om jag hade fått hjälp. För att ha en chans att klara kursen, försökte jag att göra allt för att inte behöva göra NP. Jag pratade med läraren, SYV och Hermods chef för att jag inte skulle behöva göra provet, men ingenting hjälpte och jag var tvungen att göra det i alla fall. Min lärare gjorde i alla fall sitt bästa och gav mig lite papper som jag kunde träna på inför provet, men jag visste fortfarande inte vad för typ av frågor som skulle komma. Jag skulle behöva göra läsförståelse, hörförståelse, samt muntlig presentation på engelska, men klarade inte någon av delarna. På läsförståelsen fick jag enbart några få poäng.

När jag senare träffade en lärare på gymnasiet, var personen väldigt fundersam över hur jag lyckades få så lite poäng när jag ändå hade klarat kursen i övrigt och kommit så långt. Utifrån min upplevelse var engelskan svårare på NP än verkliga kursen och att svårighetsgraderna har varit olika där, har av såväl mig som andra upplevts olika tidigare oavsett ämne. Trots resultaten frågade jag om det ändå inte gick att sätta ett godkänt betyg i kursen ändå. Läraren själv var ledsen över att höra att ingen tidigare hade velat lyssna på mig eller hjälpa mig, samt över resultatet på NP och att hon tyvärr inte kunde sätta ett godkänt betyg med tanke på mina resultat.

Förutom att ta hjälp av sambon och en tidigare lärare har jag även tagit hjälp av vänner som jag till och med erbjudit betalning för att få deras hjälp. Många vänner har nästan flytt eller ställt en motfråga och sagt att "så kan du inte göra", men faktum är att jag har varit så desperat i situationen när jag har känt att jag inte har kommit någonstans i mitt liv. Jag fick tag i en kompis som har hjälpt mig att klara en kurs och jag var så oerhört tacksam. Förhoppningen var att personen skulle vilja fortsätta att hjälpa mig, men han tröttnade och sa nej.

Jag frågade även flera andra vänner där några av dem ställde upp och kunde hjälpa mig, men det varade enbart ett litet tag. Oftast har det slutat med att jag stått där själv med halvfärdiga kurser, alternativt att jag har blivit utnyttjad om jag erbjöd pengar eller en gentjänst tillbaka. Vid ett tillfälle var det till och med en vän som ansåg att jag inte försökte tillräckligt mycket, vilket var helt fel då jag om någon ville detta mer än något annat. Dessutom var det tufft för mig i och med det osynliga ”handikappet” som min NPF-diagnos innebär och som jag varje dag kämpar hårt med.

Om jag har känt att jag inte har kommit någonstans med mina studier eller sett att det är helt omöjligt att få ett betyg i en kurs, har jag ändå inte velat ge upp min förhoppning om att en dag kunna utbilda mig till lärare i fritidshem. Därför har jag varit i kontakt med högskolan för att höra om det ändå skulle gå att läsa en utbildning, trots ofullständiga betyg med anledning av min bakgrund. Jag fick tyvärr ett nej, men också bemötandet och svaret ”Bara för att du har inlärningssvårigheter, ska du ha någon förtur in då?”. De var dock tydliga med att om jag bara kom in, så kunde jag få mycket hjälp med studierna därefter.

# 8
# Stannar upp… men försent…

Jag har hela mitt liv kämpat på och försökt att vara alla till lags och gjort vad jag har kunnat för att ingen ska se hur annorlunda jag är i jämförelse med normen. Torsdagen den 21 januari 2021 sprack den bubbla som jag så länge hade befunnit mig i, och det var den dag där jag skulle förstå att jag behövde stanna upp och reflektera över mitt liv.

Efter arbetsdagen åkte jag iväg och spelade innebandy med några vänner. Vi var sju personer som spelade och jag var med i det laget som hade en avbytare. Jag ruschade upp till målet i jakt på bollen för att göra ett mål, när jag plötsligt blev andfådd och kände att jag inte skulle kunna spela mer ikväll.

Efter några sekunder blev det helt svart för ögonen och jag behövde bara få komma ut i den regniga och åttagradiga vinterkvällen, för att få luft och förhoppningsvis kunna andas någorlunda normalt. Jag sprang ut genom herrarnas omklädningsrum och ut genom närmaste dörr, för att så snabbt som möjligt komma ut.

Jag var ute i minst 30 minuter innan jag kunde andas som vanligt igen. Jag trodde att jag hade fått en hjärtinfarkt och var på väg att dö, men när jag googlade mina symptom förstod jag att det med stor sannolikhet var en panikattack jag hade drabbats av. Det har senare även blivit bekräftat av en läkare.

När jag kom in i hallen igen, var jag helt borta. Mina vänner undrade naturligtvis var jag hade blivit av, men jag kunde inte svara på det och visste i ärlighetens namn inte heller var jag hade tagit vägen.

I vanlig ordning hade jag tagit bilen till idrottshallen och när jag körde hem kändes 30 minuter snarare som flera timmar. Jag vet med mig att jag egentligen borde ha låtit bilen stå vid idrottshallen, men jag körde dumt nog hem ändå. Dels för att jag inte ville störa någon och dels för att få hem bilen till parkeringen, istället för att ha ytterligare ett orosmoment.

När jag hade tio minuter kvar hem till min lägenhet, började pulsen att gå upp igen och jag kände hur svettdropparna började komma. Det blev ännu en gång svårt att andas, men jag kände att jag skulle klara av att köra den sista biten hem trots allt och rekommenderar inte någon att göra samma sak som mig.

Jag har idag minnesluckor från vad som hände under den kvällen, men jag kom hem och bilen stod på min parkeringsplats. Hur jag tog mig upp för de två trapporna upp till min lägenhet är än idag ett under och inget som jag kommer ihåg.

När jag kom innanför dörren satte jag mig i soffan och all svett bara rann om mig. Jag började andas konstigt och var på väg att få en panikattack igen.

Efter att jag hade lugnat ner mig, insåg jag att mobilen var försvunnen och blev nu rädd för att den var borta för alltid. På väg ner till bilen hittade jag min innebandyklubba liggandes i trappan och

nere vid lägenhetsporten låg min ryggsäck, men telefonen syntes inte till på långa vägar.
Jag gick upp till min lägenhet med det jag hade hittat och för att hämta en ficklampa innan jag fortsatte ut i januarikvällen för att leta efter min telefon. Ju längre från porten jag kom, desto hårdare började mitt hjärta att banka av ren rädsla för att mobilen med alla foton och plånboksfodralet med mitt körkort och bankkort skulle vara borta. Inte nog med att jag fått två panikattacker under den här kvällen, jag såg även hur jag skulle spendera hela förmiddagen nästa dag med att ringa till banken och polisen.

När jag kom fram till bilen, hade jag fortfarande inte hittat telefonen någonstans. Jag gick runt bilen flera varv, kollade under både min egen och andras bilar för att se om den möjligtvis hade åkt iväg när jag klivit ut ur bilen. Ingenstans gick telefonen att finna.

Klockan halv elva på kvällen, rev jag metodiskt ur varenda pryl i bilen och sökte igenom den så noggrant som det bara gick. Trots det, gick telefonen inte att finna och efter 40 minuters letande gav jag upp och var på väg in. Som för att håna mig lite extra den här kvällen, låg mobilen precis vid portingången. Och lika glad som jag var över att ha hittat den, lika arg var jag över att telefonen den här kvällen hade hånat mig.

Efter att jag kom upp i lägenheten ringde jag en kompis som bor i närheten av mig, som kom förbi för att hålla mig sällskap efter mina två panikattacker. Jag kände ett stort obehag av att vara ensam efter allt som hade hänt.

Jag var efter den kvällen sjukskriven i två månader, eftersom jag var helt utmattad. En blandning mellan hård träning och att sedan innan vara sliten och stressad, utlöste panikattackerna som jag fått under torsdagskvällen. Och mina innebandykläder som jag hade den dagen, fick jag slänga eftersom jag inte kunde se kläderna som påminde om den kvällens händelser.

Har du en gång fått en panikattack i ditt liv, finns det en risk för att du ska drabbas av det igen och då behöver du också undvika det som kan framkalla den. För mig är det exempelvis stress och trånga utrymmen som kan vara en utlösande faktor, eftersom det är något som är svårt att fly från. Det kan även vara platser som till exempel innebandyhallen där jag fick min panikattack och det tog mig ett bra tag innan jag kunde vara på samma plats igen. Det var en märklig känsla och svårt att förklara hur en plats som tidigare varit förknippad med något positivt, istället blev till något negativt och resulterade i att jag inte kunde se den på flera veckor.

Jag försökte hitta mina egna sätt för att motverka att det skulle hända igen och för att jag skulle känna mig tryggare. För mig var det att lyssna på musik för att undvika en jobbig situation och det har hittills fungerat.

I mitt fall har rädslan främst varit förknippad med händelsen i idrottshallen den där torsdagskvällen i januari, vilket gjorde att jag var rädd för högintensiv träning eftersom allt påminde om känslan av att dö. För att försöka återgå till det normala och inte längre känna en rädsla, testade jag att öka intensiteten i min träning och att göra det under en längre tid. Det tog mig dock ett halvår att kunna och våga ta ut mig så mycket som möjligt.

Jag har efter det upplevt flera panikattacker i olika sammanhang och har sedermera förstått att det inte enbart handlar om högintensiv träning. När jag drabbats, även om det numera händer sällan, får jag reflektera över varför det har hänt. Tyvärr har panikattacken förstört mycket av mitt liv även efteråt. Jag är alltid på helspänn och slår på min panikattacks-radar oavsett om jag bara ska träffa någon i familjen, gå på restaurang eller sätta mig i ett flygplan trots att jag inte är det minsta flygrädd.

Jag minns till exempel när jag besökte en restaurang tillsammans med några kompisar efter att vi hade haft en trevlig dag. Jag beställde min favoriträtt oxfilé med potatisgratäng och bearnaisesås och ville verkligen inte lämna något kvar, vilket resulterade i att jag åt tills jag blev proppmätt. Min kropp reagerade starkt på mättnadskänslan och jag fick då en panikattack. Det har i efterhand gjort att jag gärna avstår från restaurangbesök och föredrar take away, eftersom jag känner mig tvungen att äta upp allt och tycker att det är skamligt att be om en doggybag.

Idag har jag lärt mig att känna igen symptomen för om en panikattack är på väg. Till en början märker jag att det blir tungt att andas och att jag inte kan andas naturligt, för att några sekunder senare se hur varje tänd lampa blinkar. I detta läge behöver jag få vara för mig själv, för att kunna andas fritt och lugnt. I början var det svårt att kontrollera eftersom det var då som paniken kom. Får jag istället vara för mig själv och om jag inte behöver vara i närheten av andra människor, går det bättre och med tiden har jag blivit erfaren och har lärt mig att handskas med situationen.

Enligt Kry[6] kommer en panikattack plötsligt och är en intensiv känsla av rädsla som skapar en kedjereaktion av flera obehagliga känslor, som till exempel andfåddhet, hjärtklappning, yrsel, svimningskänslor, svettningar, illamående och

---

[6] Kry "Panikångest och panikattacker - så hanterar du dem"

muntorrhet. Intensiva känslor av oro och ångest förekommer också och du får en känsla av att tappa kontrollen, samtidigt som du tror att det är ett fysiskt skeende och inte ett psykiskt. En panikattack varar i omkring 5-20 minuter, under förutsättning att du låter själva attacken komma och inte försöker att hindra den.

Det som händer i kroppen är att hjärnan och det autonoma nervsystemet gör bedömningen av att du måste fly från en situation och skapar en överdrivet stor fara, trots att faran inte finns i verkligheten. Hjärnans svårighet att bedöma om situationen är verklig eller ett upplevt hot, gör att du kan tro att du ska svimma, tappa förståndet eller till och med dö.

Varför en person drabbas av panikattacker, vet man egentligen inte. Troligtvis har det koppling till ärftlighet, livsförändringar, traumatiska händelser eller som i mitt fall genom hög stress och sömnbrist.

För att förhindra att attackerna uppkommer på nytt, kan du efter panikattacken försöka avdramatisera det hela. Olika andnings- och avslappningsövningar kan vara ett led i att förhindra attackerna, men även regelbunden fysisk träning som ger hög puls, andfåddhet och svettningar kan hjälpa.

Flera personer som får en panikattack, tolkar det som att de får en hjärtinfarkt och söker därför vanligtvis akutvård. Vid utredningen görs undersökningar för att utreda hjärtfunktionen, men även blodtrycksmätning, EKG och blodprover kan göras.

När de fysiska orsakerna till tillståndet har uteslutits, undersöks de psykiska orsakerna till att situationen har uppstått[7]. När en diagnos är fastställd, behandlas paniksyndrom vanligtvis

---

7 Min doktor "Panikångest och panikattack"

genom kognitiv beteendeterapi (KBT) med målet att klara av att hantera ångesten i vardagen[8].

För den som är närstående och ser att en person får en panikattack, kan det upplevas som skrämmande och det kan vara svårt att veta vad du ska göra i den situationen. Det viktigaste är att läsa på om ämnet för att kunna hjälpa den som får attacken, genom att till exempel lyssna och finnas som stöd. Uppmuntra att våga att göra saker som skapar obehag eller att söka hjälp, är också viktiga delar i att kunna hantera situationen.

Jag har själv drabbats av många panikattacker under de senaste åren, men ingen har varit så allvarlig som den i idrottshallen. Ju äldre jag har blivit, desto bättre har jag varit på att hantera mina panikattacker eftersom jag har lärt mig i vilka situationer som de uppstår.

Ibland när jag har en dålig dag kan jag sitta hemma och grubbla över framtiden, vilket skapar stress eftersom jag fastnar i tankarna och skapar ett

---

[8] Vårdguiden 1177. "Paniksyndrom"

inre och overkligt hot. I stället är det bättre att göra något som jag tycker är roligt, som till exempel att åka och träffa en kompis eller komma ut och ta en promenad i rask takt.

Får jag en panikattack är det oftast inte någon annan än jag själv som märker av attacken, eftersom jag väljer att fly till en annan plats där jag kan vara för mig själv och får lugn och ro. Då jag har varit öppen med vad som kan hända och hur en attack yttrar sig, förstår mina närmsta oftast vad som är på väg att hända och de blir egentligen inte så rädda. Det viktigaste för dem är att jag ska känna mig trygg och att jag är utom fara.

När en panikattack väl kommer, stannar jag upp för att låta den passera och gör inte någonting alls. Då upplever jag att jag mår mycket bättre efter attacken och att jag lämnar den på ett så odramatiskt sätt som möjligt. Ibland ser jag också panikattacken som något positivt, eftersom jag då får ett kvitto på att jag har saker som jag måste släppa för att kunna gå vidare. Detta är något som jag med tiden har fått lära mig, då jag har varit dålig på att söka hjälp. Min psykolog har dock hjälpt mig mycket genom att flera gånger påtala att jag behöver stanna upp och göra saker som jag mår bra av, istället för att jaga lyckan och anpassa mig till samhället.

# 9
# Körkortet

En händelse i mitt liv som har givit mig en del panikattacker har varit körkortet, som under vägen har orsakat en hel del stress. Många gånger har rädslan för att inte lyckas med körkortet gjort att jag även har haft självmordstankar.

Hela körkortsprocessen började med att jag fick göra ett litet teoriprov med ungefär 20 frågor på körskolan som jag skulle skriva in mig hos. Utöver det fick jag även träffa en läkare som ställde frågor om allmäntillståndet och gjorde en bedömning av min motorik, samt hur min kropp fungerade innan jag kunde få ett körkortstillstånd. Testerna gjordes utifrån trafiksäkerhetssynpunkt och för att de skulle vara säkra på att jag skulle fungera ute i trafiken, trots mina svårigheter.

Jag var som tur är inte i närheten av att bli underkänd och fick äntligen igenom mitt körkortstillstånd, vilket gav mig ännu större press att leverera eftersom jag hade behövt genomgå flera tester och ta en längre väg än normalt. Totalt tog processen åtta månader inklusive all väntetid med anledning av min NPF-diagnos.

Efter att jag hade fått tillståndet, började jag övningsköra tillsammans med pappa och tänkte att det här skulle bli lätt. Det var en häftig upplevelse att framföra en bil och jag kände mig verkligen vuxen. Jag som alltid har bott ute på landet och haft långt till alla ställen, har tillbringat många timmar i en bil tillsammans med mamma eller pappa. Nu var det äntligen min tur att få agera taxi åt dem.

Jag minns inte hur många gånger pappa och jag övningskörde, men jag vet att det var ett antal och är han evigt tacksam att han aldrig slutade tro på mig.

Vi gjorde dock misstaget att vi inte körde tillräckligt innan jag skrev in mig på körskolan, vilket resulterade i att det blev många extra lektioner. Å andra sidan sett, kanske det var bra eftersom jag fick lära mig allt från grunden och inte behövde gå tillbaka i utvecklingen för att reparera redan inlärda fel.

Jag hade under min tid på körskolan olika körlärare som naturligtvis lärde ut på olika sätt, men det skapade en extra oro för hur jag skulle kunna förena teori och praktik samtidigt som jag skulle få fart på, bromsa och styra plåtburken vi satt i.

Även teorin kom att bli svår och jag fick spendera mycket mer tid än vad den "normala" personen får göra. Jag hade som rutin att skapa ett studieschema där jag till exempel kunde gå upp vid 09.00 för att äta en bra frukost, innan jag vid 10.00 startade igång dagens studier. Jag hade för vana att studera tre timmar varje dag och körde på i en timma med 15 minuters rast mellan varje episod för den aktuella dagens studier. Denna planering urartade och istället blev det att jag satt med näsan i körkortsboken under i princip hela min vakna tid och vänner, familj och fritidsaktiviteter fick oftast stå tillbaka. Nu när jag ser tillbaka på tiden, ägnade jag för mycket tid till studierna. Det gjorde att allt som jag läste också försvann ur minnet.

Extra viktigt att studera och läsa teorin, var när jag skulle åka upp till Jönköping med tre andra elever för att genomföra halkutbildningen. Vi började med närmare två timmars teori, där de berättade om trafiksäkerhet i allmänhet och i samband med vinterväglag i synnerhet. Vikten av rätt mönsterdjup på däcken och en väl anpassad hastighet efter situation och väglag, gav en riktig tankeställare inför det att jag i framtiden skulle köra helt själv.

Efter teorin, fick vi under säkra förhållanden gå ut och testa på det vi nyss hade gått igenom. Vi fick sitta i varsin bil helt själva och köra. Det var en annorlunda känsla när vi fortfarande inte hade genomfört ett godkänt körprov.

Jag hade dock oturen att få köra en bil som var automatväxlad, vilket var ett stort problem för mig som alltid varit van vid en manuellt växlad bil och behövde det trygga valet i och med min NPF-diagnos.

Alla som hade genomfört halkutbildningen före mig, hade klarat den utan några konstigheter. Jag lyckades däremot med konsten att få motorstopp inte bara en gång, utan två! Vid båda tillfällena fick jag även fråga om den grundläggande kunskapen hur jag startar en bil och i vilket läge. De förstod dock inte varför jag hade så svårt med att starta bilen och höjde rösten samtidigt som de ifrågasatte om jag var redo för att ta körkort. Bäst för mig hade, enligt utbildarna, varit om jag fick mer körvana för att sedan få komma tillbaka och göra om det.

Jag var fast besluten att genomföra utbildningen ändå och bad om att få byta bil, eftersom jag behövde få så bra chanser som möjligt för att lyckas. En av de andra eleverna förstod att jag hade svårt med bilen och tog den automatväxlade bilen istället. Till en början var det även svårt att köra den manuella bilen, eftersom det hade byggts upp en stress och frustration när jag fick en dålig start. Utbildarna gjorde bedömningen att jag blev godkänd och lät bli att underkänna mig för den här gången, men var tydliga med att det inte var bra kört. De vägde också in den långa resvägen i sin bedömning och tyckte att det var bättre att jag tränade på körskolan än att behöva åka upp till Jönköping på nytt.

Efter mycket utbildning i körskolan och hemma med pappa, kom äntligen dagen då jag skulle få göra körprovet. Jag hoppades på att jag verkligen var redo och att det skulle gå vägen, men kände även en hel del press då de flesta omkring mig hade klarat körkortet på första försöket. Min förhoppning om att vara färdigutbildad, stämde dock inte och bevisades när jag under körprovet skulle backa. Jag fick hjärnsläpp och hur mycket jag än försökte att få bilen i rätt position, så gick det verkligen inte. Även teoriprovet var en katastrof och att min körlärare hade släppt iväg mig till Trafikverket alldeles för tidigt, var nog bara en underdrift.

Min besvikelse över att inte klara körkortet på första försöket som flera i min familj hade gjort, resulterade i att jag totalsågade mig själv. Jag fortsatte att köra med både körlärare och pappa innan jag några månader senare gjorde mitt andra försök. Det var dagen efter min 19-årsdag och förhoppningen var att jag skulle kunna ge mig själv en riktigt bra födelsedagspresent. Denna gång gick det dock betydligt sämre än första gången. Efter ett redan underkänt teoriprov kom jag in i alldeles för hög hastighet i en korsning, vilket gjorde att förarprövaren tryckte på bromspedalen och kollade på mig. Jag visste att när förarprövaren "behöver" hjälpa till med manövreringen, blir körprovet underkänt eftersom du ska kunna hantera bilen och trafiksituationen självständigt och på ett trafiksäkert sätt.

Besvikelsen över mina resultat var nu så stor att jag helst ville glömma allt vad körkort hette och valde att lägga allt på is för ett tag. Det återupptogs dock ett år senare, när jag mellan mina arbetspass började studera körkortsteori igen. Jag hade dock inte lika mycket tid som innan och försökte att studera så mycket jag orkade på kvällarna innan jag gick och lade mig. Då jag upplevde att allt kändes hopplöst efter mina två försök, började jag att ta hjälp av närstående, men också från andra för att klara teorin. Vi testade alla möjliga sätt genom att förklara, använda bildstöd och koppla upp oss mot Tv:n. Vi pluggade i flera timmar och mycket av mina närståendes tid lades på att kunna hjälpa mig. De såg att jag ville detta väldigt mycket, även om besvikelsen i samband med underkända prov visade sig vara stor.

Jag tog även hjälp från en annan trafikskola för att se om de kunde hjälpa mig med teorin. Genom att förklara för mig på ett tydligt sätt, ställa frågor som kan komma på ett kunskapsprov och sina demonstrationer, kunde en av trafiklärarna hjälpa mig i rätt riktning.

För att underlätta för mig på kunskapsprovet och för att jag skulle kunna förklara klart och tydligt hur jag hade tänkt, fick jag genomföra det muntligt. Vid mina tre tidigare försök, hade jag varit i närheten av att klara mitt kunskapsprov och enbart varit några få poäng från att klara den magiska gränsen på 52 poäng. Vid ett tillfälle var det ett ynka poäng som hånskrattade åt mig och som var på helt fel sida om gränsen. Jag trodde då att jag aldrig skulle klara av att ta körkortet, men efter att jag hade kört bil i nästan fem år och hunnit med att kugga fler än fem teoriprov och tre uppkörningar, lyckades jag till slut att klara körkortet. Det var en stor befrielse och jag kände mig mycket stolt över min bedrift. Alla timmar som jag hade lagt i en bil hade nu betalat av sig och mina föräldrar var naturligtvis stolta över mig.

Även om jag har haft människor runt omkring mig som har trott på mig, har det funnits frågor som ändå gjort att jag har tvivlat. Jag är en person som har ett stort behov av att röra på mig mycket och då framförallt i mina armar och ben. När jag en dag fick frågan av min körskollärare hur mina chanser att klara körkortet var, kände jag en enorm press inombords i och med att hen trodde att mitt rörelsebehov kunde komma att vara en nackdel för mig och generera i bristande koncentrationsförmåga ute i trafiken. Jag förstår vad hen menar och ska inte skylla ifrån mig och säga att allt handlar om att jag är en annorlunda person, men mycket av mina diagnoser har gjort att jag har haft det betydligt svårare än andra och det har varit svårt för min omgivning att förstå.

Jag hade aldrig haft ett körkort idag om jag inte hade haft detta driv. Många gånger när jag misslyckades med körkortet var jag uppgiven och besviken, men slutade aldrig att kämpa. Jag ville visa att även en person med samma problematik som mig, kan lyckas med en så stor sak som att ta körkort. Det som fick mig att fortsätta, var att jag ville vara lika duktig som min storasyster som själv hade tagit körkort före mig. När jag pratade med folk utanför familjen, tyckte inte någon att det var en god idé att fortsätta att försöka, eftersom det skulle vara för svårt för mig. Jag var dock fast besluten att visa andra att jag vara lika duktig som min syster och är glad och stolt över att jag aldrig gav upp.

# 10
# Spelproblemen

Det började att sätta fart under våren 2020, då jag hade en period i mitt liv med många jobbiga händelser. Framför allt var det alla händelser på arbetsplatsen efter att jag pratade öppet om min diagnos och var tydlig med att jag ville byta arbetsplats. Min chef tog mig inte på allvar och ville inte hjälpa mig eller förstå min situation. Istället sökte jag olika tjänster inom skolans värld, men fick ingen tjänst eftersom jag inte hade tillräckligt med erfarenhet och den utbildning som krävs.

Jag kände någonstans att jag ändå hade ett driv och att jag inte ville fastna på min arbetsplats och tog ett nytt samtal med min chef. Inte heller denna gång lyssnade han på mig och jag mådde förstås sämre än tidigare. Jag fick flera kommentarer av mina kollegor om att jag borde ändra min inställning och att jag borde göra ett bättre jobb. Det fick mig att må ännu sämre och för att få stopp på alla åsikter om mig, pratade jag med min chef flera gånger om.

Jag visste själv vid den här tiden att jag hade autism och misstänkte även att jag hade ADHD. Jag var en annorlunda person och fick därför höra många kommentarer och åsikter om mig som person, eftersom det inte var vanligt under den här tiden att vi pratade öppet om NPF. Min chef trodde aldrig att det var något "fel" på mig och han frågade heller aldrig om något intyg.

Under denna tid behövde jag hjälp med att utföra vissa arbetsuppgifter och i takt med att jag blev inkallad på möten om att jag borde göra ett bättre jobb, visste jag till slut inte vad jag skulle göra längre. Jag var en person som alla fick hjälpa och som till slut inte klarade av arbetet helt självständigt. Det var dags att tala om varför jag var som jag var, men tappade till slut motivationen när jag fick skulden för i princip allt som hände oavsett om det var mitt fel eller inte. Jag hade ingen som förstod eller kunde hjälpa mig. Därför ville jag bara bort från min arbetsplats.

Det enda jag ville känna var att jag var älskad och jag ville vara den som gick in helhjärtat för eleverna. Jag glömde av att tycka om mig själv och trodde hela tiden att det var fel på mig, vilket jag idag har insett att det inte var.

Under denna tid ville jag hitta något som jag kunde finna glädje i och som jag även tyckte om. Det var att spela och att titta på fotboll.
I början gick det bra och jag kunde vinna en del pengar, men problemet var att jag inte stannade där. Hade jag pengar på kontot, spelade jag istället för mer och registrerade mig även på andra sajter samtidigt som jag ökade mina insättningsgränser. Allt eftersom det fortsatte, lyckades jag spela in allt mer pengar som tyvärr också förblev "bara pengar" och inte en konkret summa. För att dränka sorgerna spelade jag ännu mer och ännu hårdare i takt med att jag mådde allt sämre. På något sätt behövde jag kompensera upp för att må bra igen.

Jag spelade ofta hårt på "säkra" matcher och kunde, om matchen slutat oavgjort efter 90 minuter när jag spelat på att det ena laget skulle vinna, vakna upp två tusen kronor fattigare på morgonen efter. När jag hade insett att ännu ett spel hade resulterat i en förlust, gav det mig ännu mer ångest och jag mådde fruktansvärt dåligt. Det var jobbigt att hålla allt inom mig och jag ville bara gråta ut frustrationen i en annan persons armar. Jag kunde inte dela med mig av ångesten till mina kompisar, för även om jag hade delat med mig skulle ingen förstå. För mig blev det bäst att hålla allt för mig själv och jag försökte att hitta lösningar på egen hand.

Påminnelsen av att jag ville plugga och komma in på högskolan med vetskapen om att ingen kunde hjälpa mig, gav mig ständigt ångest och jag gick istället tillbaka till det som jag kände mig trygg i. Jag började därför kolla på nätet efter andra spelbolag och blev lockad av diverse erbjudanden och rabatter.

Lördagar var en bra dag och det fanns alltid flera matcher att spela på. Jag lovade mig själv att inte spela så hårt och förlora ytterligare pengar. Tyvärr höll inte det alltid, för när du förlorar på första matchen kan du istället spela hårdare för att försöka att vinna tillbaka allt.

Att jag bodde i min egen lägenhet, gav mig också möjligheten att spela en del eftersom ingen visste vad jag höll på med. Jag kunde sitta och scrolla igenom bettingsidor på jakt efter matcher för att hitta ett spel som jag ville köra på. Vid ett tillfälle hittade jag en match som skulle gå under eftermiddagen. Hammarby skulle möta Halmstad och det fanns ingen solklar vinnare. Genom att titta på statistiken och inbördes möten, kunde jag se att det ändå verkade som att Hammarby skulle vinna. Jag satsade därför 2 000 kronor på Hammarby.

Det stod 0-0 i första halvlek, men jag kände att Hammarby ändå hade en chans att vinna. Ångesten satt i magen, men trots det satte jag in ytterligare 2 000 kronor på vinst för Hammarby. Och när de gjorde mål i 74:e minuten vrålade jag ut min glädje och trodde att allt var klart. När Halmstad gjorde mål i 91:a minuten och matchen slutade med 1-1 strax efter, slängde jag telefonen i golvet.

Frustrationen och ångesten du känner då är svår att sätta dig in i om du aldrig har varit där.

Jag kunde trots mitt spelande ändå betala min hyra, men märkte varje månad att budgeten var stram och att min lön inte alltid räckte till det som jag ville. Till slut kände jag att jag inte ville ha detta liv och var stark nog att dra ner på mitt spelande själv, men var ändå tillräckligt skör att använda spelet som en flyktväg för stunden när jag hade en motgång.

Det som fick mig att göra förändringar var skammen som inte går att beskriva. Varför hade jag satt mig i den här situationen? Vilken värdelös människa jag är som har satt mig i spelproblem, som har gjort att jag inte har några drömmar och snart ingen tjänst kvar. Jag kände inte att det var någon person som skulle älska eller tycka om mig, för det enda jag gjorde var fel och jag hade inte försökt tillräckligt. Jag kände inte att jag var värd att leva och att jag kanske borde försvinna. Inte behöva ljuga mer och inte behöva känna någon skam.

För mig blev det viktigt att prioritera att vara med människor som faktiskt bryr sig om mig och att jag inte behövde låna till mitt spelande. Utan den någorlunda kontroll som jag hade för att ta mig ur beroendet, hade jag troligtvis inte varit vid liv idag.

Det fanns som sagt var inte mycket roligt för mig under denna tid. Mina drömmar och min framtid gick i kras, en efter en. Och att se andra göra det jag själv ville, gjorde att jag tyckte synd om mig själv istället och spelade bort mina pengar i jakten på lycka. Under tiden som jag spelade hade jag tre konton och som tur var insåg också en av bettingsajterna att jag var på gränsen till ett missbruk.

Varje vecka hade jag den högsta insättningsgränsen om 5 000 kronor per månad på samtliga tre konton och jag tror inte att du behöver vara Einstein, för att räkna ut att det inte skulle gå ihop med min ekonomi. Leo Vegas insåg att jag hade problem och sänkte därför min månadsgräns med 1 000 kronor ju mer de såg att jag spelade. Istället för att tacka dem, blev jag irriterad och förstod inte varför de gjorde det. Sedan insåg jag varför och att jag hade tappat värdet för pengar.

Att ha pengar på mina spelkonton kändes inte alls lika bra som att ha dem på mitt bankkonto, utan det var snarare som att spela någon online-variant av Monopol. Jag bestämde mig till slut för att spärra mig på två av tre bettingsajter och har idag bara en av de tre kvar att spela på, men gör det numer i väldigt kontrollerade former.

Under en tvåårsperiod spelade jag bort runt 150 000 kronor som var mina egna pengar, vilket jag absolut inte är stolt över. Faktum kvarstår dock att jag ändå kan se det lite positivt att jag, trots den stora summan, ändå spelade eftersom det kan ha räddat livet på mig och gör att jag sitter här idag.

Hur jag skulle klara av min nya livsstil var något som jag inte visste, men jag valde att lägga ner mer tid på annat som att träffa släkt, vänner och familj. Jag ville också vara en förebild för mina fantastiska elever och tänkte då inte alls på att spela, utan att visa att det är okej att inte alltid vara på topp och att det är okej att vara annorlunda. Jag förstod att elever med olika typer av behov skulle få det tufft i vuxenlivet om de kommer utanför samhället precis som jag. Och att det dessutom kan bli tufft ekonomiskt om de inte hittar sin egen väg fram till ett arbete.

Jag hade ett motto i samband med att jag spärrade mina konton och det var att visa tacksamhet. Jag har varit alldeles för dålig på att stanna upp och vara tacksam över allt runt omkring mig och att uppskatta livet, samt mina nära och kära. Jag har även mött mig själv och börjat älska mig själv trots mina misstag och svagheter, samtidigt som jag har försökt att gå vidare och acceptera.

Självklart har jag haft höga drömmar och mål, precis som det ska vara när du är 24 år. Jag har funderat länge under mitt liv och tanken har alltid varit att hjälpa människor att bli en bättre version av sig själva. Tyvärr har jag stundtals glömt bort mig själv och inte funderat på vad som är bäst för mig. I framtiden vill jag däremot kunna se tillbaka på mitt liv och se att jag har fokuserat på det viktigaste.

Att jag idag får arbeta med fantastiska elever och vet att jag har ett yrke som jag vill fortsätta ha i framtiden också, gör att jag någonstans känner att det har varit bra med alla motgångar och de människor som har tvivlat på mig. Jag har verkligen sett det som en lärdom och gör något bra av det och känner mig verkligen som en vinnare!

Jag har alltid undrat varför jag har haft detta driv och inte ser mina problem som misslyckanden och bara ger upp. Det visade sig till slut att jag hade ADHD vilket jag ändå är tacksam över att jag har, men har också vetskapen om att mitt liv kan ha sett annorlunda ut om jag bara hade fått diagnosen tidigare.

Att jag kommit till denna insikt beror nog mycket på att jag under tiden som jag drog ner på mitt spelande, hade kontakt med en psykolog som jag dock inte pratade med mitt spelande om. Jag kunde dra ner på det på egen hand och är mycket stolt över mig själv. Jag spelar fortfarande idag och känner att det är ett intresse som jag behöver få ägna mig åt, men det blir aldrig större summor än det jag är beredd att förlora. Varje gång jag vinner tar jag även ut mina pengar, och när insättningsgränsen är nådd skapar jag aldrig nya konton eller fixar pengar på annat sätt.

Mår jag dåligt i olika perioder i mitt liv, flyr jag inte längre till spelandet och satsar hårdare som tidigare. Nu kan jag istället prata om det med andra människor i min omgivning som vill hjälpa mig och förstå.

Även om samhället inte alltid är bra och jag känner att ingen i min omgivning vill hjälpa mig, har jag också insett att jag måste hjälpa mig själv och ta tag i mina egna problem. Jag har försökt länge och misslyckats varje gång, men jag börjar inse att jag inte behöver plugga för att vara stolt över mig själv. Och mina spelproblem vill jag inte lägga över på någon annan, men hade min chef lyssnat mer, även om han kanske ville mitt bästa, hade jag troligtvis inte hamnat i lika stora problem. Jag kom trots allt från skolan och in i arbetslivet, utan att vara lika duktig som mina kollegor som hade arbetat i flera år och dessutom pluggat på högskola eller universitet.

Något som jag hade önskat under denna tid var att någon faktiskt kom fram och frågade mig hur jag verkligen mådde. Jag hade en enorm press på mig att vara som alla andra, men misslyckades ständigt med mina arbetsuppgifter och snabba beslut som jag inte fixade. Jag utvecklade en jobbig känsla inombords och jag vet att det fanns kollegor som inte tyckte om mig, eftersom de fick gå in och ta hand om mina arbetsuppgifter också under en period. Jag kände mig väldigt ensam och det enda jag ville göra, var att få känna mig som en del av gruppen och att faktiskt få känna tillit.

Jag förstår idag varför de reagerade som de gjorde och tror att det kan ha varit bra, eftersom jag annars inte hade tagit mig igenom detta. Jag har genom det omvandlats från en förlorare till en vinnare och kan bara säga tack för att ni berättade vilka brister jag hade.

Jag har reflekterat över varför det kunde gå så fel och när mitt intresse för spel började. Jag minns att jag som liten följde med pappa på Stena Line-färjan som gick mellan Göteborg och Fredrikshamn. Allra bäst var Stena Danica, eftersom den båten tog längre tid att åka med och du hade då även chansen att spela betydligt längre än på de andra båtarna. Det fanns en speciell maskin som du kunde spela poker på och som ofta var upptagen. När den däremot var tillgänglig kunde jag stå där i timmar och möta tre datorstyrda motståndare.

Oftast hade vi pengar med ombord som var avsedda för spel under båtresan och oftast ville jag spela för mer när pengarna var slut. Jag förstod det inte då, men det var nog där som mitt intresse började för spel och för att det skulle ha någon påverkan för mig längre fram i livet. Det skulle nog även mina lördagar med farfar komma att ha och jag åkte ofta hem till dem när jag var liten. Vi brukade träffas och gå till en bensinmack och lämna in ett tips och samtidigt köpa en 200 grams mjölkchoklad till eftermiddagens tv.

Vi spelade alltid på Lången, vilket innebär att du kunde spela på hur många matcher du vill. Farfar och jag spelade alltid på tre matcher som vi ansåg var säkra vinster. På den tiden var det svårt att kunna titta på alla matcher samtidigt på tv:n, vilket gjorde att vi följde matcherna på Text-tv.

Med mitt spelande förstörde jag inte bara för mig själv, utan även för människor i min närhet genom att jag ofta tog avstånd. Jag är glad över att jag också lyckades sluta självmant och att jag inte blandade in andra människor i mina problem mer än nödvändigt.

Genom min bok hoppas jag kunna belysa hur mycket ett utanförskap i samhället kan påverka människors livsval, och att vi behöver hjälpa varandra för att komma in i värmen igen. Vi måste hjälpa varandra för att ingen annan ska hamna snett, eftersom det kan leda in i olika missbruk. För mig är det också en viktig fråga att stoppa spelbolagens reklam och de trallvänliga jinglarna i radio och på tv, eftersom det kan locka människor till att börja spela. För mig är det skönt att inte längre leva i en bubbla fylld av ångest och stress, som sedan leder till att jag förlorar tusentals kronor. Spelmissbruk är vanligt förekommande idag och som tyvärr är lätt att dölja och förneka. Som anhörig är det viktigt att öppna upp, lyssna och vilja hjälpa. Ta ett spelmissbruk eller en misstanke om spelmissbruk på stort allvar. Det finns alltid hjälp att få och om du delar med dig till andra, kan det få någon annan att tänka till. För mig har nog ingen i min omgivning haft en direkt misstanke om vilken situation jag har befunnit mig i.

# 11
# Samhällets roll

En NPF-diagnos innebär en ständig kamp som kan resultera i stress, ångest, sömnproblem och oro för såväl den person som har fått diagnosen som anhöriga. Därför är det av stor vikt att samhället hjälper och har kunskap om hur "symptomen" kan yttra sig och vad vi kan använda för verktyg för att underlätta. Idag upplever jag att det fortfarande saknas stöd överlag och specifikt i början av våra liv.

Många utav oss som har en NPF-diagnos får kämpa extra hårt för att kunna uppnå allt det som en "normal" person kan göra. Ett barn kan till exempel lätt tolkas vara bråkigt och det är därför också lätt att säga "Skärp till dig!" eller "Vad är det för fel på dig?". Jag kan ge ett exempel från en av mina anhöriga som har berättat att de hade med en elev på en klassresa, när de var små, som uppfattades som väldigt bråkig och aggressiv.

I början var eleven irriterad, men hela situationen eskalerade snabbt till att hen blev utåtagerande och allt fortsatte fram till dess att de skulle åka hem från utflykten. Personerna som fanns på utflyktsmålet som de besökte, accepterade att eleven var upprörd och avdramatiserade det hela genom att säga "Hen får vara arg och det kan man ju vara ibland". Den lärare som hade mest pondus men som också verkade förstå eleven minst, blev satt på att ta hand om hen och ställde även frågan "Vad är det för fel på dig?".

I samband med att jag har berättat min historia och mina erfarenheter, har min anhöriga sagt att det kanske var en elev som hade en NPF-diagnos. På tidigt 2000-tal när situationen utspelade sig, hade vi troligtvis inte någon större erfarenhet och att få höra "Jag förstår att du är arg..." hade kanske landat bättre än att läraren nästan skrek "Skärp till dig!".

Själv har jag inte varit utåtagerande och har haft en lätt funktionsvariation med mycket stöd hemifrån av såväl föräldrar som bonusföräldrar.

Mina föräldrar märkte redan tidigt att jag var annorlunda, men det tog lång tid för mig att få en diagnos eftersom jag anses vara högfungerande. Som kan förstås, finns diagnoserna i olika nivåer och varje person har olika symptom beroende på grad. Då "symptomen" även är vanliga vid stress eller dålig sömn, kan det leda till att det blir svårt för vårdpersonal att fastställa en diagnos.

Min tanke är att mot den bakgrunden kan det också finnas ett mörkertal med personer som har funktionsvariationen, men där dålig sömn eller stress anses vara orsaken istället och att insatserna därför kan fördröjas även om vi har mer kunskap idag. Trots det saknas mycket stöd och jag själv har fått vara med om det när det gäller såväl studier som arbetslivet. Kanske kan vi lära oss hur människor med funktionsvariationer fungerar genom att till exempel få kunskap på arbetsplatsen eller i samband med behörighetsutbildningar etc.

För mig hade det troligtvis hjälpt en hel del genom mitt liv, då jag många gånger har upplevt att det saknats stöd. I skolan sattes det till exempel in en resurs för min del, men som kom att användas till resten av klassen. Jag har aldrig gillat resursslöseri och tycker att det är bra om det kan finnas extra hjälp till mina klasskamrater också, men jag kände att jag vare sig kunde be om eller få så mycket hjälp som jag verkligen behövde trots påtryckningar från mina föräldrar. Och med tanke på att jag i samband med varje årskurs har fått höra att jag borde gå om den aktuella årskursen, vill jag hävda att det inte enbart har varit fel på mig utan även på anpassningen i undervisningen.

I mitt fall har jag alltid behövt mycket förberedelser, anpassad undervisning och har inte klarat av provsituationer. Ju högre upp i åldern, desto mer stress har det varit på att jag ska klara av mer avancerade uppgifter och jag är glad över att inte ha haft betygsstressen tidigare än årskurs åtta. Jag vill hävda att det är viktigt att ha bra hjälp som vägleder, likt min lärare Christian som gav mig möjligheten att läsa ikapp det jag hade missat under lektionstid och att han såg mig för den jag var. Han kände verkligen mig som elev och kunde anpassa undervisningen efter mina behov.

Jag har tyvärr även mött på lärare som inte varit lika hjälpsamma och tillmötesgående, där de inte ens har velat ta i begreppet NPF med tång och ställt frågan "Ska jag tycka synd om dig eller?".

Vid flera tillfällen genom mitt liv har jag fått höra att jag inte borde studera eftersom det är för svårt för mig, men oftast har det gått bra när jag har haft anpassad undervisning och kunnat göra en extra inlämning istället för ett prov. De situationer som har ställt till det för mig, är när jag har behövt göra ett Nationellt Prov (NP). Min upplevelse är att provens svårighetsgrad varierar mycket i förhållande till den faktiska undervisningen. Ett exempel på det som jag kan ta, är en anhörig som nådde som högst betyget godkänt på alla sina matteprov i gymnasiekursen Matte A. På de NP uppnådde samma person ett mycket väl godkänt istället, vilket resulterade i ett väl godkänt i slutbetyg. I vissa fall kan proven även vara svårare än kursens delmoment och kännas anpassade efter personer som normalt sett befinner sig högre upp i betygsskalan. I de fallen är det tyvärr vanligt förekommande att NP har stor betydelse åt andra hållet och faktiskt sänker betygen, trots att eleven annars har presterat bra i den aktuella kursen.

Även i arbetssammanhang är det viktigt att få stöd om du är i behov av det. Ett arbete och att få känna tillhörighet på sin arbetsplats är viktigt för ditt välbefinnande och känslan av sammanhang. I mitt yrke som fritidspedagog har min erfarenhet och min NPF-diagnos kommit till stor användning i mötet med elever, som befinner sig i samma situation som jag har befunnit mig i. Dock har det även varit ett hinder i mitt arbete genom att jag har ägnat mycket av min fritid till att förbereda för kommande skoldag eller nästa arbetsvecka.

Rädslan för att ses som annorlunda har ofta skapat jobbiga situationer eftersom jag inte har velat berätta om mina hinder och visa på eventuella brister. Tyvärr har den rädslan också kommit att visa sig vara befogad, då jag har fått kommentarer som att NPF bara är en ursäkt och att jag inte kan stå för mina fel. Mycket tid läggs på att dölja att du är annorlunda. Och får jag någon gång beröm, är det svårt att avgöra om det är sagt med hjärtat eller enbart falska ord med anledning av tidigare erfarenheter.

Jag har ibland funderat på om situationen på mitt nuvarande arbete skulle kunna vara en effekt av Coronaviruset, eftersom vi under den perioden fick göra snabba förändringar medan det för mig var bättre med rutiner. Det är såklart ett givande och ett tagande, men för att du ska känna dig bekväm på din arbetsplats behöver du också få stöd av arbetsgivaren. Tyvärr upplever jag att det erbjudandet har kommit lite försent från mina chefer, eftersom jag aldrig har fått gehör när jag väl har tagit mod till mig att berätta om mig och mina behov. Det har fått mig att känna att min berättelse har varit till stor nackdel för mig.

Vid några tillfällen har jag fått hjälp av en av mina chefer i alla fall, genom att hon har pratat med andra chefer i kommunen om det går att byta arbetsplats. Tyvärr är det ingen som har haft möjlighet att erbjuda mig en tjänst. Nu senast för några dagar sedan sökte jag en utlyst tjänst i kommunen och där de tidigare hade haft svårt att få in behörig personal, hade de helt plötsligt fått in flera kandidater med rätt behörighet. Det får mig att fundera över om situation har blivit en annan eller om det är ett svepskäl för att det är allmänt känt i kommunen, att jag inte har den utbildningen som krävs inom det området eftersom jag har försökt söka mig vidare i många år.

Jag kan acceptera att kommunen inte kan flytta på personal hur som helst, men när ska det finnas ett stopp för hur dåligt en person får må på sin arbetsplats? Facket har precis som andra personer eller instanser i den här kommunen, varit involverade i min situation när jag har sökt hjälp. Ingen har i skrivande stund kunnat hjälpa mig, mer än att ge olika förslag där de vanligaste alternativen är att utbilda mig, säga upp mig eller söka andra tjänster inom andra branscher. Och visst behöver vi ibland göra modifieringar, men är jag verkligen ett så unikt fall att ingen kan hjälpa mig att komma vidare i livet och ge mig chansen att utvecklas?

Hos mig har rädslan och det faktum att inte bli förstådd av människor i min omgivning oavsett om det gäller skola, arbete eller vården, resulterat i psykisk ohälsa och att jag har dragit mig undan från andra människor och levt i ett utanförskap där jag har isolerat mig. Situationer som till exempel den på min arbetsplats har fått mig att söka bekräftelse på annat håll, vilket i mitt fall har varit olika spel och att jag spelat bort en större summa under två års tid. Mitt mående har påverkat hur mycket jag har spelat och det har nästan blivit som en tröst, vilket har gjort att jag var på god väg att utveckla mitt redan befintliga missbruk till ett ännu större missbruk.

Att hela tiden behöva hjälpa andra människor och samtidigt känna att ingen hjälper mig, har förmodligen lett mig till mitt destruktiva beteende och att jag har sett spel som en trygghet. Att dessutom bo i en egen lägenhet där jag kunde göra vad jag ville, hjälpte mig att hålla min "mörka" hemlighet för mig själv.

I mitt fall handlade det "bara" om spel och jag är glad för att jag lyckades att bryta det beteendet, genom att ändra mina rutiner. För andra personer som har en NPF-diagnos och som upplever sin situation som hopplös, kan bekräftelsen dock komma från fel håll genom att du hamnar i fel umgängen.

Tyvärr kan oförståelsen och bristen på rätt hjälp, även resultera i psykisk ohälsa och vi måste därför bli mer öppna och våga fråga varandra hur vi mår och vad vi behöver stöd i. Viss förbättring har under åren skett, men vi har lång väg kvar att gå och mycket resurser måste till för att fånga upp fler personer i ett redan glest skyddsnät.

I allmänhet visar statistiken från 2022 ett genomsnitt på att fyra personer per dag tar sitt eget liv, där deras psykiatriska tillstånd är en av anledningarna till ett självmord. För de unga som räknas med i statistiken kan en stor andel vara till exempel olika diagnoser, då bland annat Sveriges radio rapporterade om att unga personer med en NPF-diagnos löper mer än sex gånger så stor risk att ta sitt eget liv[9]. Jag har själv personer i min närhet som har försökt att ta livet av sig eftersom de har kommit utanför i samhället på grund av deras NPF-diagnos och har saknat stöd och hjälp.

Vi måste bryta den tystnadskultur som finns idag och kunna prata med varandra mer och då menar jag inte bara för oss som lever med psykisk ohälsa. Vi ska vara faktagranskare av rang och källkritiska i alla lägen, men varför är det då ingen som kan vara lika ifrågasättande och ställa den enkla frågan "Hur mår du egentligen?". Släpp samhället där vi värderar både oss själva och andra människor i prestationer och se varandra för de personliga egenskaperna istället. Prestationsångesten som både du och jag bär på för att imponera på varandra, är förmodligen lika stor hos oss båda!

---

[9] Sveriges Radio "Större risk att elever med NPF försöker att begå självmord".

# 12
# Framtiden

Att skriva boken har inte varit lätt eftersom jag har varit tvungen att rota i det förflutna och behövt åter minnas situationer som jag helst hade velat glömma. Det har gjort ont att möta sina brister och inse vad jag har gjort för fel, samtidigt som jag har fått ta fram egenupplevda brister i samhället. För att sprida kunskapen vidare och bearbeta mina upplevelser, har det dock varit nödvändigt.

I dagens läge vill vi vara normala och inte kännas vid några brister hos oss själva, vilket gör att vi kör på som om ingenting har hänt. Vi försöker hela tiden att sträva efter en bra karriär, det bästa förhållandet, den bästa lönen och den bästa utbildningen. Det spelar ingen roll hur mycket vi försöker att bli den bästa versionen av oss själva. Det gör inte att vi blir mer lyckade för det och för många människor, går det inte att uppnå samhällets ideal i vare sig någon eller samtliga kategorier. Oavsett hur mycket du än försöker.

Själv har jag slutat lyssna på människor som har behandlat mig illa eller givit mig en gliring, om att jag inte kommer att bli den som samhället vill att jag ska bli. Jag försöker ta ansvar för mig själv och göra rätt saker i livet, genom att visa människor respekt och inte upprätthålla en fasad utåt. Vid flera tillfällen har jag själv velat ge upp hoppet, men har på något sätt lyckats behålla en kämpaglöd och stått rakryggad fram tills idag. Förhoppningen är att kunna göra det i framtiden också, men då behöver vi visa varandra respekt och förståelse om vi har ett fysiskt eller psykiskt hinder.

Jag har i många år sökt efter personer att lita på och jag har letat efter användbara verktyg att lägga i min verktygslåda, för att någon dag komma framåt och vidare i mitt liv. Jag har visserligen kommit en bra bit på väg, men är långt ifrån att ha uppnått mycket av det som jag skulle vilja uppnå. Dock sitter jag inte i samma situation som personer jag har lärt känna, där många av dem lever på socialbidrag och inte ens är inne på arbetsmarknaden. Det gör att jag inser att jag ändå har saker att vara tacksam över trots allt.

Idag saknas det fortfarande mycket kunskap och förståelse i vårt samhälle om hur det är att ha en NPF-diagnos. Och att en människas öde ska handla om resurser och brist på pengar skär i mig, eftersom fler människor kommer att fortsätta hamna utanför i vårt samhälle och slussas in på fel vägar. Ingen människa väljer det tuffa livet eller att ha någon form av synligt eller osynligt hinder. Därför ligger det mig varmt om hjärtat att vara med och bidra till den ökade kunskapen.

Den 15 mars är det NPF-dagen och jag önskar att den i framtiden kommer att lyftas fram mer och mer, för att vi ska lära oss om ett ämnesområde som idag verkar vara väldigt svårt att förstå på såväl individnivå som samhällsnivå. Det viktigaste är att vi har respekt för dessa personer och att vi accepterar att vi är annorlunda. En dag ska vi i framtiden kunna stå och berätta om vad vi har för funktionsvariation utan att det på något sätt ska vara skambelagt eller förenat med oförståelse.

Får vi rätt stöd tidigt i livet kan det påverka hur det går även senare. Därför är det viktigt att vi redan i förskolan och i skolan ser den person som är annorlunda och att vi hjälper till med stöd och anpassningar för att personen ska kunna ta sig framåt. Vi som arbetar inom skolans värld har en viktig uppgift i att ta hand om dessa elever, vilket jag skulle vilja påstå att jag redan bidrar till genom att visa förståelse och dela med mig av egna erfarenheter.

Samhällets anpassningar är även det en viktig del för utvecklingen och bemötandet i fortsättningen, även om vissa krav fortfarande behöver kvarstå i skola och arbetsliv.

I mitt fall har det bland annat varit problem med studier och tar jag exempelvis engelska 6 som jag inte fick godkänt i enbart på grund av de nationella proven, har mycket av min framtid påverkats och vissa saker har blivit omöjliga. Även i mitt arbetsliv har utbildningen varit en orsak till att jag inte kommit vidare i mitt liv, då det vid rekryteringen ofta spelar stor roll med utbildning eftersom det idag finns krav på utbildad personal för att få undervisa i fritidshem[10]. Jag respekterar lagen och förstår i ett hänseende att den finns, men för mig som har svårigheten att utbilda mig blir detta ett problem och kommer att fortsätta att vara det.

För professioner som läkare eller lärare har jag förståelse för att det kravet finns och tycker att det till stor del är bra, men för mig som inte har samma ansvarsnivå borde det finnas andra regler. Jag vill hävda att en person som har erfarenheten, kan göra ett lika bra arbete som den som har utbildningen eftersom den utbildade kan ha teorin men en oförmåga att tillämpa den i praktiken. Det gör att om det i framtiden inte blir någon förändring, kan jag och många med mig komma att behöva acceptera det faktumet att vi behöver släppa våra drömmar eller ta osäkra anställningar, där vi inte vet om vi får vara kvar i mer än ett halvår oavsett

---

[10] Sveriges kommuner och regioner (SKR) – *"Legitimationskrav och förändrade behörighetsregler för att undervisa i fritidshem"*

arbetsinsats. Istället behöver jag gå tillbaka till en arbetsplats som under flera år har brutit ner mig och som fortsätter att bryta ner mig, vilket resulterar i återkommande sjukskrivningar och ett mående som oroar mina anhöriga.

Det som i dagsläget får mig att kämpa vidare och gör att jag går tillbaka till en arbetsplats jag inte trivs på, är vetskapen om att jag inom en snar framtid förhoppningsvis har minst ett eget barn och att jag då behöver ha en stabil inkomst.

Troligtvis kommer jag att behöva vara en extra stor förebild för mina framtida barn eftersom vi utifrån min familjs gener, lär få minst ett barn med NPF-problematik och därför behöver vi troligtvis kämpa lika hårt som mina föräldrar kämpade för mig. Den utmaningen är jag beredd på att ta och jag ser det som en extra möjlighet att sprida min och andras kunskap om NPF vidare. Mina barn ska absolut inte behöva göra samma resa som jag har gjort och behöva kämpa lika hårt i deras liv, utan de ska veta att det är acceptabelt att vara annorlunda och ska kunna prata öppet om sina eventuella diagnoser med stolthet.

Känslan av att befinna sig i hjälplöshet och hopplöshet ska aldrig mer få existera och resultera i psykisk ohälsa, där vi som föräldrar inte heller ska behöva få stå runt våra barns kista alldeles för tidigt som mina hade kunnat få göra om jag inte varit tillräckligt stark.

Min NPF har försatt mig i en del konstiga situationer genom mitt liv, där jag har trott att min idé från början har varit bra men som senare har visat sig vara en dålig idé. Min impulsivitet och dåliga förmåga att ta snabba beslut, kan även leda till minst sagt dråpliga situationer.

Under pappas 50-årsfest satt vi och pratade om att jag behövde en dammsugare till min lägenhet. Några öl in, letade jag mig ut på nätet för att hitta den perfekta sambon som kunde hjälpa mig att hålla mina golv rena. Jag hittade en för 399 kronor och tyckte att det var ett riktigt kap som jag beställde. Nöjd över mitt inköp festade jag vidare i augustikvällen, utan en tanke på att priset för min Miele-dammsugare varit lite för lågt.

Några dagar senare var det äntligen dags att hämta min ordningsamma sambo som nu kunde hjälpa mig att dammsuga upp alla dammråttor i min lägenhet. På väg från utlämningsstället var jag mycket nöjd över kapet jag hade gjort och i min iver öppnade jag kartongen med ljusets hastighet och monterade ihop den på ett ögonblick. När jag skulle provköra den, hade jag under monteringen missat att undersöka var sladden fanns.

Jag ringde till pappa som fick komma och hjälpa mig, då jag själv inte hade hittat sladden efter en stunds letande. Under tiden som vi letade, hittade pappa en batterilucka och började efter en stund att ana oråd men försökte ändå att hitta sladden. Han frågade mig var jag hade köpt dammsugaren och jag svarade då att jag hade köpt den på Jollyroom och att den varit riktigt billig. Pappa tittade på mig som att jag var helt dum i huvudet, samtidigt som han sa ”Jollyroom!! Det är ju inte konstigt att det inte finns en sladd, när du har gått och köpt en leksaksdammsugare!". Så i framtiden gott folk, se upp med vart ni köper era dammsugare!!

# Tack

Jag har många personer att tacka för att jag är där jag är idag och som har bidragit med sitt under den långa vägen. Ni har funnits där hela tiden genom min resa och allt det jag har tagit mig för. Förhoppningsvis kommer ni att vara med mig i fortsättningen i det verkliga livet och även i de avtryck som ni har gjort i mitt liv.

*Jag vill tacka följande personer:*

*Mina föräldrar:* För att ni fanns där under mitt liv och har hittat lösningar på mina problem under skoltiden, har funnits där när jag har behövt hjälp, stöttat mig när jag har känt mig otillräcklig och har erbjudit mig samtalsstöd.

*Anette:* Du kom in i mitt liv med värme och omtanke och har lagt ner många timmar på att bara lyssna på mina problem. Du har kommit med många bra och konkreta tips genom åren och varje kram har varit som ett stort varmt stöd.

*Tobbe:* För ditt stöd och erbjudande om att jag alltid kan komma till dig om det har varit några problem. Du är också min privata fixare som hjälpt mig med mycket annat genom åren och det du inte kan lösa är verkligen trasigt.

*Linda:* Dina tips, råd och kontaktvägar som du har kunnat ge mig även nu i vuxen ålder för att lösa olika situationer i såväl skola som arbetsliv, har verkligen varit guld värt.

*Syskon:* För alla år vi har haft tillsammans och för att vi har en så bra kontakt även idag, när de flesta av oss nu är utflugna. Ni har stått ut med mig och för mina behov samt husfridens skull, vet jag att ni har behövt stå tillbaka med era behov eller önskemål vid flera tillfällen.

*Christian:* Du såg mig på högstadiet och lade ner mycket av din tid på mina studier samt mitt självförtroende. Du var en av personerna som gjorde att jag kom in på den gymnasieutbildning som jag ville gå.

*Kristoffer:* Du tog hand om mig när jag inte hade någon annan att vara med under skoltiden och kom att bli min bästa vän. Vi gjorde en del bus som är roliga att komma ihåg nu i efterhand och utan dig, hade det känts mer ensamt när vi irrade bort oss på orienteringen.

*Mikael:* Du är min bästa vän och förstod mig redan den första dagen vi träffades och jag är glad över att kalla dig min vän. Tack för alla fantastiska år vi har haft och kommer att ha i framtiden. Det finns nog ingen som har ett lika stort fotbollsintresse som du.

*Alla fantastiska elever:* Vi har gjort mycket roligt tillsammans, har haft många fantastiska år och vi kommer att ha många år tillsammans även i och utanför skolan. Tack för alla kramar och kärlek som ni har visat mig varje dag. Ni är en av anledningarna till att jag vill skriva boken och hoppas innerligt att det går bra för varenda en av er i livet. Det är tack vare er som jag har tagit mig upp ur sängen, även när det har känts tungt att gå till arbetet på morgonen.

*Elevernas föräldrar:* För ert samarbete och att ni har sett min potential, samt uppmuntrat mig i mitt arbete.

*Farook:* Min fantastiska kollega! Vi kommer alltid att vara vänner och du är en av anledningarna till att jag har gått upp på morgonen för att ta mig till arbetet. Du har varit ett enormt stöd för mig. Du är en fin människa och person som jag verkligen hoppas får uppleva det bästa i livet.

*Camilla:* Som alltid har funnits där för mig och som har förstått hur jag fungerar, samt hur problematisk min arbetssituation är. Du har försökt hjälpa mig till det bästa och kommit med många goda tips och råd.

*Linnéa:* Tack för hjälpen med redigeringen av bilderna till omslaget.

*Malin:* För att du har funnits där för mig i med- och motgång samt alla stunder som du vill dela med mig. Du har gjort mig medveten om hur jag är som person och hur jag fungerar. Du har tagit del av min berättelse och tagit mig igenom texten och hjälpt mig att berätta min historia. Än är du inte min fru som ungarna på gården frågade om den första gången vi sågs tillsammans, men en dag kanske du blir det.

Att säga ett tack känns litet och för alla er som inte är nämnda, så är ni absolut inte glömda. Det är ni som har gjort att jag skriver boken och det betyder oerhört mycket. Tacksamheten som jag har till er går inte att beskriva och genom min bok hoppas jag kunna förmedla allt ert stöd. Ni har gjort att jag är en bättre person idag!

# Referenslista

1177. *ADHD*. 2022. https://www.1177.se/Vastra-Gotaland/sjukdomar--besvar/hjarna-och-nerver/neuropsykiatriska-funktionsnedsattningar/adhd/ (Hämtad 2024-01-17)

1177. *Paniksyndrom*. 2022. https://www.1177.se/Vastra-Gotaland/sjukdomar--besvar/psykiska-sjukdomar-och-besvar/angest/paniksyndrom/ (Hämtad 2024-01-24)

Attention. *NPF*. https://attention.se/npf/ (Hämtad 2023-12-09)

Kry.se. Panikångest och panikattacker - så hanterar du dem. 2020. https://www.kry.se/din-halsa/hantera-panikangest-och-panikattacker/ (Hämtad 2023-11-29)

Min doktor. *Panikångest och panikattack* 2022. https://www.mindoktor.se/halsa-sjukdomar/panikangest-och-panikattack/ (Hämtad 2024-02-02)

Sveriges kommuner och regioner (SKR). *Legitimationskrav och förändrade behörighetsregler för att undervisa i fritidshem.* 2019. https://skr.se/skr/tjanster/cirkular/cirkular/2019/legitimationskravochforandradebehorighetsreglerforundervisningifritidshem.27046.html (Hämtad 2024-03-01)

Sveriges Radio. *Större risk att elever med NPF försöker att begå självmord.* (2023) https://sverigesradio.se/artikel/storre-risk-att-elever-med-npf-forsoker-bega-sjalvmord (Hämtad 2023-12-12)

Suicide Zero. *Fakta om självmord.* https://suicidezero.se/fakta-om-sjalvmord/ (Hämtad 2024-02-29)